這本書，獻給我的老師

朱西甯先生，一個信任文字卻也懷疑文字、

　　　　但終究用文字工作一輩子的小說家。

我相信他一定喜歡這個題材的。

目次

0. 登高丘‧望遠海

這本小書，就讓我們從這個漂亮的字開始。

這是整整三千年前的字，甲骨文，彼時商代的人把它刻在牛的肩胛骨或龜的腹甲上頭留給我們（我們這麼說是不是太自大了點？），奇妙的是，事隔這麼久，我們居然還不難看懂它，這其實是有理由的，和中國文字黏著於具象的有趣本質有關係。

首先，它裡頭很清楚有個「人」字， 然後在其上端頭部特意的加以誇張，尤其是眼睛的部分，形成一個 的樣子（也就是甲骨文中的「臣」字，意思是隨時得睜大眼，非常戒慎戒恐的人），最終，這個伸直身子、睜大眼睛的人還踩上高處，也許是一方大石，也許是個小圓丘甚至更高海拔的某山頭，怔怔看向遠方。我們當然不會曉得數千年前引頸於廣闊華北平原的這個人到底在看什麼，有可能是打獵的人正貪婪看著遠遠的麋鹿成群；有可能是家中妻子有點焦急的等出門的丈夫回來；也極可能只是誰誰不經意走上某個高處，卻忽然發現眼前的風景和平日看的不一樣了，不由自主的駐足下來；更有可能就只是很平常的，像我們今天任誰都有過的，看著眼前，發發呆，讓時間流過去，光這樣而已。

人站高處，會忍不住駐足而望，這好像是某種人的本能，也因此，幾乎每個此類的觀光景點都會設置瞭望台什麼的，甚至投幣式的望遠鏡，看得更遠。

●

　　這讓我想起童年時一個朋友過早的浪漫想法，說他很想哪一天有機會站到一個四面八方無遮攔的大平原之上，可以看到整個地平線圈成一個漂亮的正圓形——那是民國六十年以前的往事，當時我們還在宜蘭唸小學，蘭陽平原是個三角形的小沖積扇，三面山，一面太平洋，我們四分之三的視野總是被雪山山脈和中央山脈的餘脈給擋著，看不了太遠。事隔三十年，不知道老友這個夢想究竟實踐了沒？

　　說真的，就一個已經存留了超過三千年的字而言，「望」這字的確還活得極好，生氣勃勃。有些字會死去，有些字會在長時間的使用中改變了用途，變得形容難識，望字卻一直到今天還存留著最原初那個引頸看向前方的基本意思。

　　比方說，同樣強調官能知覺的另一個甲骨字，　，大耳朵的人，旁邊再補上一個代表「口」的符號，意思原來大概是聽覺敏銳，可以而且願意聆聽從囂鬧到幽微各種聲音的人，讓我們想到諸如古希臘蘇格拉底這樣四下探問，傾聽一切，因而反倒如德爾斐神諭所說變成最智慧的人。我們曉得，在人的五官之中，視覺是最方便、最能直接使用的一種，聽覺則不是如此，它得更專注才行，因此需要投注進去更多人的意識；而且還得仰賴接聽之後的分辨，因此更得大量牽動內心的既有積存記憶，以進行排比、分類和判別。所以說，聽覺好的人總比視覺2.0的人更給我們敏銳、睿智、天縱英明的稀有況味，以為不是人人能為之，尤其愈早期愈是如此。在狩獵的時刻，他能比一般人更早察覺獸群何在或危險臨身（比方說我們都在電影裡看過那種趴在地上、一隻耳朵貼地聽聲音的厲害印第安人）；他更可能在那種泛靈崇拜、天地山川鳥獸蟲魚皆有鬼神的時代，成為能聆聽萬物隱藏聲音乃至於神靈啟示的人，於是，在那個「古之大事，唯祀與戎」的

時代，這個大耳之人有機會逐步神聖起來，被視爲某種天啓式的領袖人物，這個字遂也脫離了原初的素樸現實意思，偉大起來，成爲我們膜拜對象的某專用指稱。

這個字就是我們今天也還用的「聖」字，從聽覺轉到智慧，再到最終的德行無瑕不可逼視，一路往抽象、概念的世界走去不回頭。

相對的，走上高處睜眼而望，只要健康，無需天賦異稟，是絕大多數人能做而且常常會做的事，所以仍好端端留在我們日常生活行爲之中。而且，就像了不起的阿根廷盲詩人波赫士（顯然正是一個比較接近「聖」而不是「望」的人）所說的，愈是具象，愈是現實，它愈有機會被裝塡入更多的情感、心思以及想像。於是，大耳朵的聖字升天而去，成爲偉大的字、宗教的字；大眼睛的望字則留在平凡的生活裡頭和我們脆弱的人日日相處，成爲詩的字。

●

好，既然如此，就讓我們順著這樣的詩之路再往前走一點，看看可否像這個站上山頭的人，多看到些什麼。

同樣也是詩人波赫士所說的，儘管我們在字典辭典裡總是看到諸如「望者，看也」這樣的解釋方式，但事實上，每一個字都是獨一無二的，並沒有任何兩個字存在著完完全全的替代關係，沒有任何一個字可以百分之百重疊在另一個字上頭，因爲每一個字都有它不同的造型長相，不同的起源，以及最重要的，在長時間中的不同遭遇。這不可能相同的歷史遭遇，給予了每個字不可能相同的記憶刻痕，不可能相同的溫度、色澤和意義層次。

比方說，「望」字就比單純的「看」字要多了不少東西，包括動作、意識和觀看焦點，以及因此遲滯而帶來的時間暗示，這不論從字的原初造型或實際使用都分辨得出來。

甲骨文中我沒找到「看」字，但我們可用「見」字來替代──「見」字有兩組造型，這種情形在形態尚未穩定的甲骨文階段很常有。一是 ，坐著睜大眼睛的人；另一是 ，站著睜大眼睛的人，或坐或站，意象皆極其單純明白。（但「看」字的篆字造型倒挺漂亮的， ，眼睛上遮一隻避開光線認真凝視的手，顯然也比單純的「見」要有內容。）

相照之下，望字就有趣許多了。不管是起始於有意識的走上高處瞻視，或原本並無目的的信步意外駐足，我們都很容易察覺出，它事實上是包含了一連串的動作以及最終的靜止，時間便在其間遲滯下來了。而且，望字只有外表的動作，沒有觸及任何內在的情緒，因此，這個時間因為不涉及特定意義的指涉而暫時空白了下來，它遂如老子所說的「無」，是未著色、未有意義存留的虛空，可以供我們裝載東西於其中，因此，我們便可用以置放某些忽然多出來的心思、情感、以及想像。

同時，我們也可以說，「望」字也是進行中、尚未完成的「看」。未完成是因為我們尚未看清楚，或看清楚了但尚未想清楚整理清楚，或甚至我們想看到的某個對象事實上還沒出現或永遠不會出現，因此，除了眼前事物清晰顯像於我們視網膜之上的自然生理作用而外，望，於是還有著「期盼」、「凝視」、「等待」乃至於「失落」、「孤獨」的意義層次。

所以說，波赫士一定是對的，字和字怎能在不損傷的情況下彼此快意互換呢？怎麼可能互換之後不帶來不一樣的感受線索和情感暗示呢？

●

讀老中國那種某某征東，某某掃北的武打式平話小說時，戰將出

馬亮相，說書的人總喜歡在此節骨眼停格下來，賣弄意味十足的來個所謂的「有詩爲證」，這裡，我們也仿此爲「望」字找一首詩做爲收場。

這是李白的詩，仔細看活生生像對準著這個甲骨文而書寫的——「登高丘，望遠海，六鼇骨已霜，三山今安在，扶桑半摧折，白日沉光釆，銀臺金闕如夢中，秦皇漢武空相待。」

六鼇，是神話裡六隻神龜，負責扛住岱輿、員嶠兩座東海之上的仙山使之不漂流，人的肉眼，如何能「看」神話世界裡、「看」已然朽壞漂流歷史裡的種種呢？於是，傻氣的李白便只能這麼無限期的站下去，看轉換成等待，直接硬化成　　　的圖像。

其實，另外一首也很好，出自我同樣最喜歡的詩人蘇軾，它其實是夾在〈前赤壁賦〉文中的一段仿楚辭極其華麗歌謠，以柔婉的期盼代替李白那種絕望的等待，而且蘇軾顯然是好整以暇坐著的，坐在夜遊的船頭叩舷而歌，辛苦划船的另有其人——「桂棹兮蘭槳，擊空明兮泝流光，渺渺兮余懷，望美人兮天一方。」

說眞的，儘管坐船的人這樣是有點不知划船人的疾苦，但說用蘭和桂這樣帶香氣、毋寧用於祭祀降靈的柔質植物做爲船槳，馬上就讓我們警覺起來這似乎不再是尋常的舟船泛於尋常的江上，然後，蘭和桂的船槳一觸江水，水上倒映著的月亮嘩的整個碎開來，化爲金色江流滔滔而下，你這樣子溯江而上，再不容易分清楚是赤壁的江水呢？還是一道著上了金光、還有著汩汩流淌聲音的時間大河？

也許，你就是得把時間推回到屈原的、宋玉的楚民族幽邈時代，到那個神靈和人雜處不分的尙未除魅時間，李白和蘇軾所等待的，才有機會像《九歌》中說的那樣翩然降臨是吧。

1. 字的黎明

這是個老實講很奇怪的字，它由兩個部分組合而成，上邊是個代表太陽的「日」字（甲骨文因爲是用刀刻於龜甲牛骨之上，因此不容易出現漂亮的圓形），下邊稍小那個也同樣是個「日」字，天有二日，是三千年之前天有異象被人們忠實記錄下來呢？還是造字的人們花腦筋想表示什麼？

　　在進一步談下去之前，這裡我們好像有個問題，一個大哉問的正經問題，非得先問問不可，這其實是非常令人頭痛不知從何講起的──文字究竟是怎麼發生的？或者說，是怎麼被發明出來的？

　　老實說，如果可以的話，這裡我們眞很想直截了當的回答：是個奇蹟──其實這樣子的答覆，並不像乍看之下那麼不負責任。

新石器時代的矛盾

　　有關這個問題，中國人狡猾的躲閃了幾千年之久，辦法是把它推給一個叫倉頡的人，把發明文字的榮光連帶所有疑問全數堆到一個人身上，這當然不會是眞的，今天，我們一般傾向於相信，文字是在長段時間中逐步演變發展成的，不管它是起源於結繩或刻痕的記憶，或是在行之更久遠的語言和圖繪之間緩緩找出穩定的意義關聯，都牽動著眾多的人，這些人所分居的眾多地點，以及因此不可免的諸多時間，絕非一時一地一人的事。

弔詭的是，傳說神話只供參考，文字的起源終究還得由文字自身來回答，也就是由我們手中所能掌握的文字或未成文字的「類文字」來想辦法回溯——意思是用文字的「有」來回推文字的「無」，就像要人用今生去回推他的前世一般，如此強人所難，其中便不免得裝塡衆多江湖術士式的、無以查證的猜想。

　　我們有什麼呢？這讓我想起另一個漂亮的甲骨字，　　　，就是今天的「昔」字，往昔，從前，逝去時光，它的下方仍是個「日」字，可憐巴巴的日字，上頭壓著壯闊汪洋的大水，漫天蓋地的水淹過日頭的心版魔幻意象，如同小說家馬奎茲筆下的畫面（或現實些，是觀看角度所導致的寫實圖像，但無論如何相當駭人），商代的人以此來表達他們對遠古的記憶存留，充滿美感，充滿哲學況味，也充滿啓示力和想像力（比方說我們極容易聯結到黃河桀驁不馴的氾濫，商人的歷次遷都逃水，鯀禹父子方式和下場互異的治水行動，乃至於治水和專制政體有機牽聯的所謂東方專制主義論述云云，事實上，我還讀過一本虔信基督徒的書，斷言這就是《聖經・舊約》中天降洪水四十天諾亞方舟的記載，並據此堅持即便中國文字的發明，亦直接歸於上帝耶和華），但非常遺憾，就終究得幾分證據講幾分話的文字起源問題，卻是個很糟糕的狀態——記憶湮渺，只留一片鴻濛的汪洋。

　　我們常說甲骨文是中國所發現最早的文字，大致的時間是距今三千年到三千五百年的晚商時期，但甲骨文卻不會是最早期的文字，事實上，它相當成熟，不論就文字的造型、文字的記叙結構來看都是這樣，更具說服力的是，形聲字在甲骨文中所佔的比例意義——形聲字是中文造字的最進步階段，讓大量的、快速的造字成爲可能（這我們往下還有機會談），於是，聰明的文字學者逐把形聲字當文字的碳同位素般做爲時間檢視的標的，有人估出，在已可辨識的一千多個甲骨文中，形聲字的比率已接近百分之三十了，這毫無疑義說明甲骨文已

昂然進入造字成熟的晚期階段了。

甲骨文之前我們有什麼？很少很少，就只有一些陶器瓶口部位的刻痕、記號或花押而已，其中，最光采煥發的是山東莒縣陵陽河大汶口文化晚期遺址所挖出來大口缸陶器的美麗記號，，形象上是重山之上有雲，太陽傲然浮於雲上的圖像。這個單獨存在的記號，我們很難講它就是文字，因為文字如蜜蜂，它難以落單存活，毋寧更有可能是陶器主人的專屬記號，或部族的族徽（私有制或原始共產制？），但還是有學者樂觀的說，這個記號很可能正是「且」字的原始字形，是山居的大汶口人所看見日升山頭雲上的光燦黎明圖像（若然，顯然不是個太早起的部族），遂用為人名或族名。

這是多久前的事呢？大約四千年到四千五百年前的事，也就是說，從這個孤獨的、可疑的美麗「且」字，距離我們所謂文字發明已然成熟到接近完成的甲骨文，只一千年左右的時間；更是說，在這僅僅一千年我們文字記憶完全空白的極短時間之中，中國文字的發展事實上忽然馬達啟動並高速運轉開來，而且還偷偷的進行，不是躲藏在這麼久以來還挖掘不到任何蛛絲馬跡的隱密地點，就是使用易腐易爛不留犯罪證據的書寫記錄材料，直到有了相當成果才好意思展示在牛骨和龜甲上頭，給我們驚喜，事情會是這樣子嗎？

希望事情不真的是這樣。但說真的，如此詭異的發展樣式，似乎一直是古生物史、古人類史乃至於考古學常出現的發展圖像：一、很奇怪，在最最關鍵之處之時的環節，不知為什麼總是失落；二、更奇怪，這最最關鍵處的「跳躍」，不知道為什麼總是擠在一段極短極窄的時間之中。

彷彿，人類一直異於禽獸幾稀的默默遊蕩在廣漠的大地之上，達幾百萬年之久，然後，忽然只花幾千年時間就什麼都會了，會使用文字記錄自己已發了幾百萬年的聲音，會使用數學抽象的計算看了幾百

萬年的腳下大地和頭上星體甚至不爲什麼明白而立即的需要，會用物理學的角度重新看待他們已相處相安幾百萬年再熟悉不過的事物而覺得興味盎然，會使用圓形的、只一點接觸的轉輪來製陶（ ，陶，美麗的象形字），汲取井水（ ，彔，即轆轤，另一個美麗的象形字），用於車子，學會織布，還開始一陣胡思亂想，想一些眼前根本不急但又自認爲茲事體大的東西。

這像個奇蹟，就像我們前面說過的，法國了不起的人類學者李維一史陀也這麼說過，稱之爲「新石器時代的矛盾」──如果要在這全面啓動的神秘現象中找出一個最關鍵的因素，我個人直覺的會把文字的發生和發展當最可能的候選人。我們可以想像，文字如同明礬，它讓有聲的語言以及無聲的思索和想像可能沉澱下來，有了文字，人類的思維和表述便掙脫開時間的專制統治，可以不再瞬間飄失在空氣之中，從而開始堆積，讓思維和表述有了厚度；它擴大了語言聯繫的延展力，包括空間的距離和時間的距離，人的靈感、發現和發明，以及更重要的，人的困惑（也就是持續思考的最重要根源），可以更不孤獨，有著更穩固更持續更綿密對話的可能；還有，它讓人抽象的長時間思維，從此有了中途的歇腳反思之處，有了可回溯修補的航標，從而，思維得到整補，可放心大膽的再往前走、再深入，一再越過原有的邊界，而不虞迷失回不了頭。

粗魯點來說，有了文字，人類於是得到了一種全新而且全面的保存形式，可以把記憶、對話、思維置放於一己的身體之外，這個新的儲存倉庫比我們的身體更耐久，因此不會隨我們失憶、老去以及死亡而跟著灰飛煙滅。

記憶、對話、思維掙脫了人的軀體而獨立存留，這當然是有風險的，用我們頂熟悉的現代語言來講，這其實就是異化，讓人逐步喪失主體性位置的異化。

　　確實如此。對某些敏感容易激憤的人，尤其是崇尙素樸自然、對人類文明轟轟然線性向前始終憂心放不下的人（如老子、莊子都是這樣的人，不管他們是否眞是個單一個人，莊子尤其針對這個講了不少美好的寓言，包括渾沌被鑿開七竅卻因此而死云云），總不無道理的把文字的出現和使用敵視爲人的最重大異化，甚至人全面異化不回頭的開始。但同一件事溫柔點來看，這卻也是人的再一次「陌生化」，包括對相處了數百萬年已成理所當然的外在世界，包括原本「力大不能自舉」的自身，整個因熟悉而已呈現停滯重複的世界因此全面的「再新鮮化」而重新劇烈轉動起來，因著記憶、對話和思維位置的轉移而得到新的視野、新的圖像並賦予新的解釋。

　　我女兒便有過極類似的經驗——當然不是說她如此古老參加過新石器時代這麼一場，而是她小學某年生日時我買過一具最陽春型的顯微鏡給她當禮物，於是，很長一段時間內，你便看到她想盡辦法找任何可到手的東西弄小弄薄來看，包括家裡每一隻貓狗的毛，院子裡的花瓣樹葉，蚊子蒼蠅各色昆蟲的各種部位，積了兩三天的混濁雨水，還有她自己的鼻屎、腳皮，以及口腔內刮下的細胞等等，這整個程序非得走完一遍再次喪失新鮮感爲止。

　　這轟轟然的一場，在中國人的傳說記憶中說的是，相傳倉頡造了文字，「鬼夜哭」，究竟是懼怕人類從此得著巨大的、除魅的力量而哭呢，或悲憫人類走上不歸路而哭沒講清楚，總而言之是發生大事情了——這種不清不楚一直是非文字式記憶的特色，它總得把事實加以戲劇化、神話化才得到口耳相傳、穿透時間的續航能力。

　　當然，也許你會說，南美的馬雅人就始終沒依賴過文字的力量，人家還不是照樣建構出輝煌如黃金的文化來，造成參天的金字塔，有著了不起的宗敎、帝國統治能力和工匠技藝，還擁有動人的高山農業技術，以及二次大戰美軍才據此學會並運用於戰場的精釆食物脫水技

術。

　　無論如何，我們手中僅有的那個來自大汶口的美麗記號，，毋寧更像個詩意十足的隱喻，日出山頭，文字的曙光乍現，也許它真的就是個「旦」字是吧！

燦爛的圖像

　　好，我們終於可以回到我們的天有二日之字來了。當然，后羿射九日的故事終究只是個神話罷了，三千年前同樣也照好人也照歹人的太陽和今天我們所看到的差別不大，因此，底下那個較小較模糊的太陽不是真的，而是太陽的水中倒影而已，至於什麼樣的時候太陽和它的分身倒影這麼親近呢？一天有兩次，一是日出時分，另一是日落時分。會是哪一個呢？

　　答案似乎非常簡單，華北平原東低西高，黃昏日落，人們看到的會是「太陽下山了」，因此，甲骨文中代表黃昏的字是這樣子的，，太陽不偏不倚的掉入草叢堆裡，這就是今天也還健在的「莫」字，只因為古時候的夜間照明昂貴而不便，日落之後能摸黑進行的事委實不多，因此，基於經濟理由而非道德勸誡，這個「莫」字遂延伸出「不要」、「不能」、「不可」的意思，最終還逼得原先代表日落黃昏的「莫」又莫名加個太陽的意符以示區別，即今天我們用之不疑的「暮」字──繞了一圈，同樣也是兩個太陽。

　　黃昏另有其字，因此這兩個太陽的字是日出，仍是「旦」字，後來才把下方的太陽倒影給取消掉，代以較一般性的地平線橫槓，是比較方便也較具普世性格，但當然還是那個帶著單一一地具象染色的字漂亮，有質感，而且留著較多想像線索──要不就是長居東海之濱的人們造出來的字，要不就是有人曾經不意在日出時分立於海邊（捕

魚？撿拾貨幣用的海貝？或製鹽？還是如傳說中舜的耕於東海之濱？），曾經震懾於那一幅燦爛無匹的景象深駐心中不去，以為只有這個才足以代表死亡般長夜終於要過去，全新一天重又來臨的美好圖像。

如果你問我，覺得甲骨文中哪一些或哪一類的字造來最精緻漂亮，那當然就是我們到此為止看過的「望」、「旦」、「莫」、「昔」這個階段的造字──大體上，這是造字概念的第二階段，也就是文字開始要由較被動、較直接摹寫天地山川鳥獸蟲魚等自然實物的純粹象形階段，乍乍探入到抽象事物和概念表述的這一微妙階段，中國古來，把這一階段的字稱之為會意字，揭示一種大家能一看恍然、心領神會其意思的字。

往下，我們會一再引用這類的字，只因為，某種意義而言，甲骨文之美，依我個人認為，說盡在於會意字可能太誇張了，但十之八九在此大概是跑不掉的。

為什麼會這樣呢？追根究柢是因為人通常很懶，好逸惡勞，舒服的日子只會打盹、渾渾噩噩的愈過愈沒精神，腦子休息得比軀體還徹底，因此，美好些的東西如薩伊德講的，不容易在如此適應良好的舒適狀態發生；但這個能懶就懶的人畢竟還是挺了不起的，一旦困難臨身危險臨身，他很快就整個人動員起來，包括他已知的身體知覺和心靈意識，甚至包括他自己都不曉得擁有、沉睡在體內幽微某處的潛意識和想像力，精神抖擻──正因為這樣，後來一些較敏銳也較看得起自己的人，便小心不讓自己太陷入舒適昏睡的日子裡去，客觀困境不存在時，他們會自苦，給自己不斷製造難題，甚至製造些永遠不會真正解決、因而長駐不去的難題，好讓自己停留在始終清醒的狀態，以至於我們「正常」的旁人看他們甚至會有一點神經兮兮的奇異感覺，就像我們看日本人祈大願下大決心時會選個風雪凜冽的冬日，找一道

還未凍結成冰柱的大瀑布，裸身讓冰水當頭擊打一般，依李白的講法，這叫「知我者謂我心憂，不知我者謂我何求」。

好，造字的人碰到什麼很大難關精神抖擻起來呢？碰到一個方便直接摹寫的具象事物已差不多告一段落，一堆抽象的、無法直接摹寫的事物和概念愈積愈多（因為在只用聲音抽象表述的語言中早已存在並予以命名，畢竟，語言早百萬年已出現並使用），已到不想辦法解決不行的時候了，我們可以想像出來，這會是成功造字（即象形的造字）以後再一次碰到的一個巨大的困難——是一個創造的斷裂鴻溝，得想法子跳躍過去；也是一個歧路，要勇敢做出抉擇。中國文字便是在這個階段（甲骨文所掙扎創造的階段）和其他文明簡單回歸聲音，從屬聲音，步上純抽象符號的發展殊了途，凶險未卜的踽踽而行。

這一階段，用甲骨字的造型來表述，恰恰就是「行」這個字， ，很清楚是指道路，而且是個十字路口——當然，後來「行」被轉注為偏動詞意味的行走之意，遂使中文喪失了表述十字路口的單字，倒是我們的東鄰日本自己搞出個象形兼會意的特有怪字，辻，唸成 tsuzi，也是一個姓氏（埼玉西武職棒隊曾經有個很棒的二壘手就姓這個，讓台灣的播報員總支支吾吾不知如何是好），大概是當時家居十字路口繁忙地點的平民簡單據此為姓，一如井上、山中、田邊一般。

下面，就讓我們來看，造字的高升太陽照在這分歧的十字路口，大致是怎麼一種光景。

2. 造字的困境
暨文字生產線的出現

這個甲骨字是「夢」，人們最日常、最長相左右的神秘經驗，而且，如果你認真回想一下，人似乎有一種本能要將夢中的事告訴別人，因此，總得要想出個字來表述它——我常認為，世界上有兩種人最可怕，一是不會講笑話但偏要講的人，另一則是一定要把自己的夢一五一十告訴別人的人。

但這個我們睜開眼就連一陣煙也沒，立即消逝無蹤的無形無狀東西究竟要如何具體畫出來呢？商代的人的辦法是這樣子的：ㅐ 是床的符號，床上躺一個睜大眼睛的人，用人在沉睡之中仍彷彿睜著眼、看到事物的樣子來表達；有時，這個睜眼說瞎話的人還一手不安伸至喉部心口之處，彷彿做一個掙扎不舒適的惡夢；也有把床上之人易為長髮老人（甲骨文中的老人用長髮來表述，顯然初民是不太作興理髮這回事的），意思好像說，老人經歷的事情多，積累的麻煩多，再加上身體衰弱較承荷不住，因此夜睡多夢，這一點，和孔子感慨自己再夢不見周公證明老去不大一樣。

就一個無形無狀、無遠弗屆、不受物理時空限制、不受人理性管轄的抽象飄忽之物而言，甲骨文的夢字絕對是漂漂亮亮的完成任務——就像我們講過的，通過困難的成果總是比較結實比較美好，造字如此，人生種種如此，好像就連戀愛也如此。

但同樣的，漂亮的成果也總令我們神經質起來，這次僥倖得手，但下回還一樣做得到嚒？每一次都要煞費苦心，這樣的事究竟我們能做幾次不力竭呢？有沒有一個一勞永逸的辦法呢？

象形字的終點

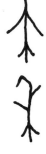

　　造字從象形開始，這沒問題，樹木就畫成 　　 ，水流就畫成
　　 ，不能熄滅的火就畫成 　　 ，鳥獸蟲魚比較麻煩，但照畫。
這夠讓人忙一陣子了，一般而言，新生事物的進展總是這樣，解開一
個關鍵點，跟著享受一個順流而下的舒適過程，直到下一個關鍵點再
到來爲止，呈現這樣脈衝形態的進展節奏。

　　一定比想像還快的，看似眼花撩亂的眼前世界，原來這麼禁不起
這樣深耕密植的摹寫（同樣的事你可去問個小說作家，他一定有著類
似的感慨，幾十年的人生經歷好像撐不了幾篇小說題材），兩三下就
畫得差不多了；而且人們也一定很快發現，原來我們肉眼可見的世
界，較之於我們的思維，顯得如此單薄而且疏闊，我們好多重要無
比、非想非說非寫不可的東西，原來都不呈像在肉眼可見的世界之
中。

　　一個抽象但撞起來讓人鼻靑眼腫的高牆就這樣攔在造字的人們面
前。

　　尤有甚者。造字的人還會很快發覺，除了眾多難以捕捉的抽象概
念之外，在原先具象摹寫的世界裡也一定有新的麻煩跑出來，那就是
具象事物的再分割和細膩辨別的問題。

　　我們知道，所有的木本植物都大致長 　　（木）的模樣（當
然，喜馬拉雅雪杉爲了不讓積雪壓斷樹枝，其實很聰明的長 　　 的
模樣），正如所有的草本植物也都大致長 　　（禾）的模樣，但放
眼過去，老天植物其實有多少種類啊（在生物學的老分類概念裡，植
物是在最高階的「界」這一個層級，往下可一路再細分門、綱、目、
科、屬、種六階，不計其數的意思）？不管是基於功能性的不同使用

目的，或非功能性的純觀看、純感受、純思維目的，如此再分割再認
識的要求必然推動文字的進一步細膩表述，但困難在於，除非你退回
圖畫式的精細繪製，就像我們在早期人類學報告裡看的那種精緻手繪
新種植物圖鑑，光用符號式的線條根本難以表現如此細微的差異；更
何況，植物還算好，碰到水流或石頭的分類要怎麼辦？它們彼此間的
差異更隱晦更不在外表形態上頭，是你就算願意費心費力去畫都不可
能做到的事。

　　還有，是單一物件自身的再分割和標示問題。我們曉得，在初民
從採集、狩獵緩緩過渡到初期畜牧、農耕的自然經濟生活形態之中，
人們得辛苦對付的，是生活物資取得不易的問題，而不是垃圾的堆積
及其處理的問題，因為東西很少是無用的（垃圾的最簡明釋意就是無
用之物，有時也包括人），凡是可食的，現代人看起來再可怕都得是
食物，而今天很多人沒其他菜餚配食根本無法空口下嚥的稻粱（大米
和良質小米），在中國古代很長一段時日一直代表著「精緻美食」，
人有時委屈自己天性求官出仕，所求的也不過就是餐餐有稻粱可吃而
已（「為稻粱謀」）；實在有毒不能吃的部位，通常會轉為藥材使
用；無法入藥，至少還能當燃料、當建材、當裝飾品（骨頭、石、蚌
殼云云），甚至做為貨幣使用。金文中的「嬰」字，　　　是個花工
夫的象形字，彷彿可看圖感受到造字寫字者的溫柔愛意，表現疼愛的
方式，便是在小小人頭髮上一口氣裝飾著珍稀（可做為貨幣）的四枚
蚌殼。

　　在李維一史陀的《憂鬱的熱帶》中有一段如此讓人讀起來心酸的
實錄，那是他深入巴西內陸對南比克瓦拉人食物的描述：「家庭食物
來源主要是依賴婦女的採集活動。我常和他們一起吃些令人難過的簡
陋食物，一年裡有半年時間，南比克瓦拉人就得靠此維生。每次男人
垂頭喪氣的回到營地，失望而又疲憊的把沒能派上用場的弓箭丟在身

旁時，女人便令人感動的從籃子裡取出零零星星的東西：幾顆橙色的
布里提果子、兩隻肥胖的毒蜘蛛、幾粒小蜥蜴蛋、一隻蝙蝠、幾顆棕
櫚果子和一把蝗蟲。然後他們全家便高高興興的吃一頓無法填飽一個
白人肚子的晚餐……」

　　既然每一個部位都是有用的、珍貴的，你便得為它們命名標示。

　　事實上，有關初民對同類物件的再分類再分割，以及單一物件各
部位的認識、利用和標示，我們還可從李維—史陀另一部名著《野蠻
人的思維》書中抄一些令人咋舌的資料：

　　菲律賓群島的哈努諾人認為土生植物品種裡頭的總數中有百分之
九十三都是有用的。

　　美國南加州沙漠地帶的柯威拉印第安人，在這片看似荒涼不毛的
土地上，熟知六十多種可食植物和三十八種具有麻醉、興奮或醫療效
用的其他植物。

　　哈皮族印第安人知道三百五十種植物，納瓦荷族知道五百多種植
物，南菲律賓群島的薩巴農人植物名詞超過一千個，哈努諾人的植物
名稱將近兩千個。

　　在特瓦語中，鳥類和哺乳動物的每個部位幾乎全身，都有明確的
名稱。他們在對樹木或作物的葉子做形態學的描述時，運用了四十個
名稱，對一株玉米的不同部位竟用十五個不同的名稱來表示。

　　布利亞特人對熊肉有七種不同的醫療用途，熊血的用途有五種，
熊脂肪的用途有七種，熊腦的用途有十二種，熊膽的用途有十七種，
熊皮的用途有兩種。卡拉爾人還在冬季快結束時收集凍結的熊便，用
來治療便秘。

　　從抽象事物的堆積，到具象事物的再分類再分割，如此大軍壓陣
而且裡外夾擊，看來象形字這下是在劫難逃了。

回歸聲音與實相的堅持

語言怎麼解決這樣的困境呢？讓我們回想一下——事實上，用聲音而不是線條造型來命名的語言根本就沒意識到如此的斷裂困境，管你具象抽象、管你要怎麼進行細部分割，它一視同仁賦予一個獨特的、不和他者混淆的聲音就行了，非常簡單方便。文字的發展，能否從這裡找到困境突圍的啓示呢？

應該可以，既然我們已經曉得了，這個困境係起自於抽象概念的無實相可摹寫，以及實相細微差異的難以摹寫，最直接的方式便是放棄和實相的繼續糾纏，乾脆把自己徹徹底底放空掉，仿聲音一樣讓自身變成純粹的符號，不是也就和語言一般，當場就把困境給變不見了嗎？——這個聰明的方法，便是拼音文字的出現，它是文字的謙卑（或說自我矮化，甚至投降，隨便你）脫困之道，它回頭依附強大、靈動而且行之久遠的語言系統，退居成純粹的語言記錄工具，順應語言的發展邏輯行動，語言一完成命名，文字便如影隨形模仿這個聲音跟上去。唯一得花點心思的，便是找出一組簡明的記錄聲音方法就行了，這也就是今天我們稱之爲字母的聲音記錄符號系統，它多少隨著不同地區人們的發音差異和不同時間的語言變化而有所參差，得做些微調，比方說今天的英文便只二十六個拼音符號，造型、發音乃至於數量和俄文、希臘文皆有些許差異，日本人笨拙些，用到了五十個音，但其原理和發展邏輯是一樣的。

大約所有的文字系統都在這階段轉了向（我不曉得有沒有例外），古埃及尤其是率先走上這道路途的先驅者之一，今天，我們在紙莎草上面看到比方說一隻美麗的鳥（ ），可能只代表了一個類似 a 的發言，和任何翱翔於尼羅河上的禽類一點點關係也沒有，那

種以為可以看圖說話、想賣弄點小聰明的人會死得很難看──後來古
埃及拼音文字的破譯，便因此誤導而耽擱了幾百年。

這裡，中國文字帶種些（或笨些頑固些），不屈服的留在實相世
界中繼續拚搏，其結果便是甲骨文中特別「肥大」的會意字和指事
字，一個人類造字的特殊短暫時期，也是人類造字最美麗的時期，幾
乎每一個字都像一幅畫，一個來自極細膩觀察和極驚人想像力的創造
成果，值得一個個用畫框框起來存留觀賞。

但如此一個一個字拚了老命造出來的字，卻也說明了中國人還沒
找到一個更方便、更一勞永逸的大量造字方法，畢竟，不這樣不算真
正解答了困境。

造字的最終解答

中國人對造字的最終解答，就是形聲字的發明和使用，到此為
止。

自古以來，中國人習慣把造字之法歸納為六種方式，統稱之為
「六書」，也就是我們熟悉的象形、指事、會意、形聲、假借和轉
注，這老分類其實是個還算周全準確的不壞整理方式，當然仍有武斷
（哪種分類在概念邊界上不武斷呢？）和疏闊之處，像今天不少學者
便傾向於主張，應該把後兩者的假借和轉注給排除出造字範疇之外，
以為假借和轉注其實並沒造出新的字來，只是將原來既成的字做更大
效能的應用，因此，假借和轉注毋寧只是「用字法」，而非「造字
法」，這是很有道理的計較和概念釐清。

把轉注和假借給排出去，便剩下象形、會意、指事和形聲四個，
這裡如果我們嘗試為中國的大造字活動畫上一道時間的縱軸，如此，
會意和指事很自然會被歸併為一組，而得到這樣子的造字圖像來：

一、摹寫既存實相的象形階級；二、嘗試表述抽象概念的指事會意階段；三、大量造字的文字生產線出現，也是大造字完成的形聲階段。

要小心眼多說明兩句的是，這種時間性的概念分期，事實上，每個階段總是交疊的、犬牙參差的，並非切割性的徹底完成一個再進入下一個，但這樣的階段發展大致是可信的，更重要的是，階段的分割比原先六書的水平排列，能凸顯出大造字過程之中的思維變化和兩次創造瓶頸，也同時可清楚看出因應如此困境的兩次漂亮跳躍。

形聲字到底是什麼？像「江」、「河」、「松」、「柏」這些都是形聲字，它包含兩個部分，一個代表它的意義和屬性，我們稱之為意義符號（意符），另一個代表它的聲音，我們稱之為聲音符號（聲符），因此，每當有一個新事物新概念需要新的文字來記錄來表述時，造字的人只要快速判斷出該事物該概念的基本屬性分類，和石頭有關的加個 石（石），和道路行走有關的加個 彳，和感受情緒有關的加個 心（心）；然後，再依據它的發音，在既有的文字中找到一個相同聲音或近似聲音的填進去，由此，便很快出現一個你要的新字，一個形聲字。

形聲字的最根本概念是「組合」，而不是重新創造，形聲字不再追求新的造型繪製，而把既有的字當製作材料（大陸那邊稱之為「構件」，構成要件）來堆疊，玩積木一樣，因此，有了形聲字，那些一個個捶打、訂製似的會意字和指事字便告一段落了，就像工廠生產線取代了手工業一般，造字的人也就從專業技藝工匠乃至於充滿想像力的藝術家，一變而成生產線旁依操作手冊裝配的高效率女工。

據統計，甲骨文中形聲字的比率為 27.24％，而發展到秦代的小篆階段，形聲字的比率當場暴增到 87.39％。

當然，事情一般不會趕盡殺絕到完全不出例外的，比方說，大唐的一代女性武則天便是個新會意字的創造人，像她自取的名字「曌」

（音照），便是日月並明雙雙高懸天空的無盡光明異象，當時她規定只有她一人能用，而果然歷史上只有她一人用過；還有大地的「地」字，她老姊不懂造字原理以及文字長期演變的複雜性，嫌原字毫無道理，自己重問大地是什麼？不就是山是水是土嗎？因此又把「地」字改成三明治式的「坔」，這樣轟轟烈烈的一人造字法沒進行幾個就掰不下去了，自然，這些因一人意志而生的字，亦隨著一人武則天死去、張柬之重新迎回唐中宗而跟沒發生過一樣。

武則天是個好皇帝，但當她誤以為政治權力可位移到文化創造的場域同樣有效運作時，便不免醜態畢露死狀甚慘了，這樣的出糗，在中國歷代的掌權者來說，她不是第一個，也絕不會是最後一個，一直到今天二十一世紀的民主台灣，我們還在親眼目睹諸如此類的事每天發生。

有關武則天這個日月並明的「曌」字，這裡我們歇下腳再多講個故事，這是我從大陸學者鄒曉麗的書裡看來的——相傳駱賓王執筆寫〈為徐敬業討武曌檄〉，把這個曌字寫成了極近似、一不小心就會忽略的新字「瞾」，一般以筆誤即可帶過，但以駱賓王的才學，為什麼會在如此天大事情上寫錯一個最重要的字呢？鄒曉麗以為駱賓王是故意的。

怎麼故意法呢？這就牽涉到「瞿」這個字，《說文》中訓為「左右視也。」我因此特地去查了金文，在瞿父丁簋找出來這個我一看果然是最猙猛、最具威嚇之力的字，，就兩隻大眼睛，直直瞪視著你，膽小些的人會做噩夢的——據研究，這是個象形字，原是摹寫肉食性、掠食性猛禽的那對利眼，用以表述某種鷹隼類的飛禽，後來因此再補上鳥的意符「隹」而成為形聲字「瞿」，也就是民初瞿秋白的姓氏這個字，而這個字的下一步演化就是加上「忄」（心）的意符，而成為恐懼的「懼」。

也就是說，你要吹牛造字說自己日月照臨得天獨厚，我就順勢把你眨為一隻凶狠嗜血的扁毛畜生。這是懂文字的人對不懂文字的人一種拐彎抹角的修理法。

日月會同時出現，但不會並明，有太陽時，月球只是一抹蒼白的鬼影子而已，這我們今天抬頭可見，造字的初民所看到的也一定是相同的景象，因此，初民要表達「明亮」這個感受時，他們用的不是只在夢中（或權力慾中）才出現的異象，而是——明字的甲骨文是，沒任何太陽的影子於其中，月亮旁邊那個圓形的東西是鏤著窗花的窗子（可能是破損的大陶罐口轉用嵌入的），他們極聰明極溫柔的用黯夜裡的和美光華來表達明亮，極可能來自人一夢醒來後看到月光從窗戶流瀉到床頭地上的冰涼似水顏色，這是不寐清醒的人所驚異的最溫柔風景，後代的李白說，這會勾起鄉愁的。

把肉汁封存起來

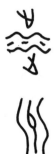

形聲字不僅不再創造出文字的新造型出來，也把做為組合構件的原有造型進一步概念化、符號化，比方說同樣是水，像會意的「涉」字，　，上下是兩個腳印的符號，中間則是這雙腳的擁有者要小心踩過的淺淺河水，這水是真的，有具象質感的，真的會弄溼雙腳的；又如象形的「州」字，　，原意是直接摹寫懸浮於河水中央的小島，這裡我們同樣如親臨現場，目睹河水洶湧流過孤立小州的模樣。但到得形聲字，不管說是江河海溪澗，這裡，同樣的水符號便僅僅是個概念而已，是一種鬆弛的分類，告訴我們這字所指稱的事物或概念和水有某種關聯，如此而已。

要快要方便，就非得犧牲點美不可，這從來都是不好兩全的尷尬事。

　　喜歡有規則可依循，渴望萬事萬物秩序井然的人，其實也可以嘗試用類似的角度來看待形聲字的發明：這是中國造字史上首次，亦是終於，找到一個堪稱完整、清晰、穩定的秩序出來。

　　這個秩序大體上是，它抹去一部分具象的樂趣，空洞化爲聲符，以此聲音符號回頭和一路命名無礙的語言重新取得亦步亦趨的穩定勾聯，讓動力十足、什麼也阻擋不了的語言確實扮演此一文字生產線的發動機角色，中國的此一造字列車遂從此轟轟然開動起來；另一方面，它用分類學的秩序概念來面對萬事萬物（這方面是拼音文字完全讓渡掉的），保留住一部分事物的外在形態、軌跡和內在本質印象，好好封存在另一側的概念符號亦即意符之中（仿日本著名料理節目的經典名句語法及其概念：「把松坂牛排表面快速煎至焦黃，讓肉汁封在裡面。」）讓萬事萬物各從其類──因此，當一個字不太熟識的忽然跳出到我們眼前時，我們可從聲符去嘗試它的聲音（「有邊讀邊，沒邊讀中間，沒有中間自己編」的民粹式聲符理解方式），從意符去感受它的屬性，更敏感更多心的人並且由此可尋回這個字的可能經歷和記憶，甚至回到最原初的始生之處之時。

　　這個留存形象的分類秩序產物，用文字世界的通俗稱謂來說便是「部首」，你從小查字典通常得先通過的玩意兒，然後才是扳手指頭算清楚另一側聲符的正確筆劃，好找到眾裡尋他的那個字。

　　這裡要附帶提醒一下的是，由於甲骨文造型的左右上下並不固定（更誇張還曾有過二個字三個字併一起的，比方說 ，小臣；，四祖丁；，五十；，十二月），加上日後隨機選擇的不全然制式性演化結果，我們今年「意符即部首，通常置於左邊」的大而化之認定，就不是百分之百正確，比方說「錦」字，固然有些誇富宴式織錦號稱雜入貴金屬細絲如黃金一類的，但一般而言，布帛才是它的眞正屬性歸類，而「金」是它的聲音摹擬；還有「視」

字，它是感官之字而非祭祀之字，因此有大眼睛的「見」才是屬性部分，而發「示」的讀音。

不革命的文字系統

從造字的整體變革概念來說，中國的形聲造字不是一場革命，不是引進一個全新的、全然替代性的造字系統，如拼音文字般把原先既有的字全消滅掉，所有的文字都得依據聲音再重造一次。形聲字在既有的文字體制內改革，基本上保留了已有的象形、會意和指事之字，大家和平共存，一起繼續奮鬥。

少了拼音革命的中國文字系統，遂成為人類最奇怪最獨特的文字系統，可以驕傲，也可以唏噓哀歎。

當然，受著歷史機運境遇和諸多意識形態所引發所牽動的好壞問題，驕傲或哀歎問題，自有其情可原以及無聊不值一提的其他理由（如國族至上意識），不去理它，這裡我們比較關心的是，實際上它會帶來什麼影響？在實況操作上頭會有哪部分方便和困難？對我們的思維、溝通和記憶會產生什麼樣的啟示和限制（我們知道，文字絕不是全然透明的工具，它也會回頭影響到我們的思維云云）？

首先，不是文字系統的內在性格使然，而是歷史機運的偶然結果，中國文字的獨特本身就會是個很明白的麻煩。獨特，就是不同，就是斷裂，這在多年之後，尤其是和其他文字系統的接軌愈成為必要之時，便顯露出更多的扞格誤解以及比較昂貴費事的轉換轉譯過程，這在西風東漸的近一兩百年間我們尤其感同身受。

特別是這一兩百年間，拼音文字系統是站強勢文化那一邊，很多相應的配備原本就是根據它的文字特性量身訂製（如打字機、編碼索引系統、電腦鍵盤等等），很多領先的觀念和新發明的事物原本就是

這個拼音文字系統的社會所擁有的，不幸站失敗者陣營的中國文字，於是被迫得轉身、調適並重新學習，套著失敗者的囚衣。

還好這個過程並沒想像中的長，也沒想像中的困難，很多認真的人在其間做出了正確的貢獻，問題基本上已經解決——能順利轉換的轉換完成（如電腦鍵盤），不能轉換的納入拼音文字以為輔助（如電腦程式語言）也不是什麼了不起的缺憾，我們使用阿拉伯數字不也好長一段時日了，不也方便愉快而且心情自然得很嗎？

比較難以消滅的反而是我們對中國文字的懷疑問題，多少認定中國文字是比較不進步的。

以古埃及文字為例

完完全全從實像解放出來的拼音文字，質量輕，符號透明，運動阻力也相對變小，是完美的語言記錄工具；但完美工具化的同時，文字也非得將自主性完全讓渡出來不可，徹底釘住語言，語言一起變化，文字就跟著第一時間變化，亦步亦趨。

快速反應的文字，因此也是容易死去的文字。

我們知道，在愛迪生成功存留並重現「瑪莉有一隻小羊」這句話、發明了留聲機之前，人類是長期在沒有記錄聲音配備的情況下使用文字的。由於聲音是短暫的物理現象，非常容易起變化，甚至流失，因此，語言有著本質性的極不穩定特質，容易來，也容易去，縱軸的時間會帶來變異，橫軸的空間也會形成區隔，比方說寫《語言的死亡》一書的作者大衛·克里斯托便估計過（一九九七年），全世界約有六千種不同語言，而且以每個月兩種的飛快速度持續死去。

語言起了變化，依據原來聲音拼成的文字便會出現辨識的麻煩，麻煩的程度不一定，從照眼即可認出的微差到非專業研究者無以辨識

不等，這端看語言的變異幅度大小和歷史的機運而定（比方說是否存留變化的必要環節可供回溯云云）；而語言一旦滅絕了，則文字當然跟著集體覆亡，成為神秘的記號，無人可解的密碼。

這樣的文字集體覆亡故事，人類歷史一再上演過，其中最著稱也最戲劇性峰迴路轉的是古埃及文字。

古埃及文字大致可追溯到五千年前，好生生存活了約三千五百年之久，在「5000－3500」的一千五百年前左右滅絕，直接促成了它死亡的凶手是基督教，原因是基督教要消滅所有異教徒的東西，因此藉著羅馬帝國的強大力量，硬把古埃及文字給廢了，而代以由二十四個希臘字母外加六個埃及俗體字母（為補足希臘字母所無法拼出的埃及語言特殊發音部分）所構成的所謂卡普特文，往後數百年，埃及語言遂在和古埃及文字脫鉤的狀況下持續累積自然的變異，逐漸演變成改稱之卡普特語的新語言，到十一世紀後回教力量興起，進入埃及，又再次重演了當年基督教那一套，將卡普特語和文字一併給去除，於是，古埃及文字的不絕如縷聯繫遂正式宣告斷橋，進入漫長的沉睡期。

沉睡多久呢？一直沉睡到十九世紀，在這長達八百年的歲月之中，代代有好奇之人對這種神秘美麗的文字發生興趣，努力一窺究竟，甚至不只一回留下自以為是的解碼譯本，但個個鎩羽，終究無法真的喚醒並釋放出禁錮於神祕符號中的訊息。一七九九年，事情才忽然有了極戲劇性的轉機，拿破崙派遣到埃及的隨軍學者，偶爾在羅塞達一地找到一塊有碑文的石板，係西元前二世紀托勒密王朝時代的告諭文字，為了讓彼時統治階級的希臘人、埃及本地行政官僚和一般識字民眾全看得懂，碑文分別以希臘文、古埃及象形文和俗體字寫成。這塊彷彿從天上掉下來的神石，等於是憑空搭建出一道由希臘文連通起來的解碼橋樑，果然真的成為古埃及文字的破碼關鍵之物——今

天，我們習慣就稱之為「羅塞達石」，高一一八公分，寬七七公分，厚三十公分，重〇‧七五公噸，為黑色玄武岩質材，如今安放在大英博物館內；我女兒也有一塊，手掌大小，樹脂質材，由大英博物館授權複製，她去過大英博物館識得這塊著名的黑石板，也清楚這段歷史，兩年前偶爾在神戶異人館區的小賣店架上被她一眼認出來，遂不得不買給她，浪費了我大約六百塊錢台幣。

即便羅塞達石自天而降，等於提供一份現成譯本，但古埃及拼音文字之謎還是多拖了一段時間，到一九二四年才由法國人香波黎昂正式破譯──原因很簡單，羅塞達石並未附帶錄音機錄音卡帶如今天語言教學的有聲書，聲音一天不找回來，所有因聲音而成立的拼音文字便無法復活，羅塞達石的譯文也就無法利用來重建古埃及的字母，好供我們拿來解讀保存在古埃及神廟、墳墓和眾多紙莎草紙上的文字。

關鍵的聲音在哪裡找到？在神聖化所凍結的宗教祈禱文中──非常幸運，幸運之一是托勒密王朝用的是演變後的卡普特語，可供我們回溯原初的古埃及語；幸運之二是卡普特語儘管已在十一世紀死去，死了整整八百年，但基督教卡普特教派卻頑固的將它存留下來，用不可改動分毫的祈禱文完整留下來，熟悉卡普特祈禱文的香波黎昂便在這個意想不到的角落裡，找到他最需要的神聖牌老式錄音機。

回想起來，這真是一個艱辛、漫長、磨人心智、耗資千萬但幸運驚險的故事，可寫成煽情小說或拍成好萊塢式電影。差不多同樣艱辛、漫長、磨人心智、耗資千萬也幸運驚險的故事，還有古愛琴海線形文字B的破譯復活；但缺了最終幸運驚險的是線形文字A和古印度文字，至今還死在那裡。

相較起來，甲骨文的發現和理解過程（並不存在破譯問題）就平淡乏味多了，它遲至一八九九年才發現，一發現就差不多看懂了，追溯得回當時的發音當然更美滿，但唸不出來好像也不大有關係，你光

看圖樣，還是多少看得出字裡面的人在製陶還是釣魚。

文字和語言的分離

　　某種拼音文字的集體死去再集體復活的故事，畢竟只是太戲劇性、太偶發的歷史大事，反而不能真正代表這兩組不同造字概念文字系統最深遠、最有意義的影響，所謂深遠、有意義的影響通常偷偷作用在平常日子裡，一點一滴起著有機變化。

　　形聲字以聲符（一半的自己）和聲音掛鉤，但這只是有限度的掛鉤，它既保留另一半的實體概念意符，又不驅除更具象方式呈現的之前已成造字，這些具象「物質」的保有，賦予它重量，讓它另一頭鉤住事物實體，產生較大的阻力摩擦力抓地力，無法如抽空完成的拼音文字那般輕靈，因此，聲音無法全面性拉動它控制它，也因此聲音的移動改變，它也就無法快速反應，在第一時間改變自身拼寫造型方式，隨便你要說它沉隱，或說笨重。

　　這個特質，使文字和語言不呈現亦步亦趨的單軌式函數關係，文字受聲音牽扯，影響重大，但仍保有相當程度的自主性發展路徑，這必然會進一步形成文字書寫和生活語言的某種程度分離現象，是某種準雙軌式的關係，就像五四白話文運動之前，我們所熟知中國文字和日常語言的分離現象，當時提倡白話文運動的胡適之等人以為這是中國人的食古不化，今天我們曉得關鍵在於中國文字的如此本質。

　　中國文字和語言分離的總體橫剖面便是——在中國文字的統治疆域之中，隨時並存著千種萬種不同的語言，彼此之間的差異可以大得不得了，別說是無法順利溝通了，完全聽不懂的情況比比皆是，但它們卻一直共用同一種文字，於是這些天南地北說不同語言的人唸一樣的書，承接一樣的歷史經驗與成果，可以通過文字全面對話，儘管他

們之間語言的斷裂程度可能遠大於比方說今天兩個西歐國家，他們之間可能有高山大河的天然地形阻絕而不相往來，長達幾百幾千年各活各的，按理說應該各自岔開方向發展愈離愈遠才是。

回頭來看，中國的漫長歷史之路真是滿奇特的，要說自然地形分割自成單位它有（如四川、如長江天塹自古有之），要講語言差異各說各話它有，要論生活習俗因地而異它也有，甚至於在歷史過程中既成事實的分裂一樣代代不絕，但最終它總像某種所謂的記憶合金一樣，還是非得再收攏回單一國家不可，和歐洲的歷史經驗完全不一樣——這當然是歷史思維的一個大題目，不可能簡單的解釋，但我個人相信，這個萬世一系的單一文字系統應該是其中非常非常重要的原因。

在此種文字之下，《聖經》中巴別塔的故事看來就不可能成立了——話說上帝為阻止人們聯合起來建造高塔直通天庭，會威脅到神的地位，遂使壞變亂人類的語言，人類果然從此分裂。這個神話是向著拼音文字的歷史來的，對西方之前之後的歷史可能有極其驚人的洞視能力和預言能力，但拿到中國來卻完全不適用，對付中國人得多一番手腳，還要把不隨語言而轉的文字一起給毀了才行。

以顏色為例

有關中國文字和拼音文字的差異，我們點到這裡就可以停了，歷史經驗告訴我們，再比下去很容易出事的——這一類我們出生前就有、不是我們所能決定，又比我們活得久、非我們的意志所能改變的東西，像語言文字、像身材膚色，像出生地點和種族譜系，小心一點是不會有錯的。

誰好誰壞，那又能怎樣呢？畢竟，我們是被拋擲到這個文字系統

裡來的，當然，你可以花一番心思和財富，把自己重新拋擲到另一個
文字系統去，很多移民的人這麼做過，不然比較聰明而不至於有礙健
康的方式毋寧是，學會跟這個文字相處，享受它獨特且最美好的面
向，可能的話做極大化的利用。

這裡，我們來看有關顏色的字。

對讀小說的人而言，一談到有關顏色的字，很難不想到朱天文的
著名長篇小說《荒人手記》，尤其是頁八九到頁九二有關紅綠兩種顏
色繽紛命名的演出，原文太長，不便引述，但這裡還是忍不住抄一小
截——艾背綠、嘉陵水綠、嫩荷綠、紡織娘綠、水綠、繡球綠、螳螂
綠、豌豆綠、玉髓綠、青荢綠、巴黎綠、青梅綠、螢石綠、秧綠、萵
苣綠……。

寫小說，使用文字的人很清楚，當你面對顏色，大剌剌的紅橙黃
綠藍靛紫是不能用的，也不夠用的，這在今天與其說是顏色，不如講
是顏色的概念分類；是物理學光的波長和頻率的顯像紀錄，因此，是
一種「沒染色、沒光澤、沒層次」的顏色字。用什麼來染色、來糅上
光澤賦予層次呢？朱天文說用嘉陵江水，用螳螂、用玉髓、用稻秧，
用這些天地山川和大自然有生之物的顏色，這是人眼人心和顏色相遇
的開始——實物，是顏色之初。

然而，即便就是紅橙黃綠藍靛紫，如果我們不讓它們只是 red、
yellow 云云的拼音文字逐字翻譯，純粹回到中國文字自身，我們會看
到它們本來就是實物，或至少記憶著實物，只是被我們習焉不察抹去
了而已，其實並不需要我們再加嘉陵江水或稻秧來增添其色澤。

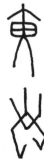

在甲骨文時代，顏色可能還沒真正從人認知它所在的實物分離出
來，比方說天色、山色、水色、草色云云就夠了，像今天較純粹的顏
色之字，黃，　　，原來是玉片串組的裝飾之物，究竟是聲音假借
而來，或是玉片泛黃的天然色澤聯想轉注過來不得而知；白，　　，

說真的我個人始終沒看懂是什麼，只能勉強猜測和嘴巴有關，嘴巴有何白色之物？一是有可能和黃色搞混的牙齒（在沒牙膏的時代），另一比較好玩，是《說文解字》所說口鼻噴出的水質熱氣，這在天氣較冷的地點和季節，白色的霧氣的確是非常生動可喜的捕捉，赤，　　，大火烤人的畫面，顏色的轉注清晰不過；朱，　　，原本只是樹幹（株），可能先借用給礦物染料的丹朱之類東西再轉注成顏色，而成為中國的染色之始；最有趣是黑，　　，這字是金文，但看樣子應該有甲骨字才是，可能只是沒能保留下來，畫像是個黥面的人，臉上線條縱橫，而且墨汁淋漓，因此，「黑」字最早的內容，可能該說成諸如「黥面的深濃顏色」。

顏色要開始分離獨立出來，關鍵可能在於人要主動製造顏色而不再只被動接受自然顏色，這魯莽一點說就是染色有關的工藝發展。這裡，我們再回頭來舉紅橙黃綠藍靛紫為例，其中「黃」和「橙」就是實物，「藍」可能是和草木染料如茜草有關的造字（見後代司馬相如的〈青賦〉中那般藍色染料經濟作物的驚人描繪），「靛」是「青」的形聲字及其再分割，而所剩七分之三顏色的「紅」、「綠」、「紫」三者，則全是「糸」字邊的形聲字，顏色的實物秘密就好好封存在字的意符裡。

這裡，我們便見識到了形聲字不完全棄守實像的可喜力量了，它保留著一道可靠的回溯之路，堅定通向一個豐美且非虛擬的顏色寶藏——你順此線索找到《說文解字》的糸字邊文字聚落，就像走到京都的絲織之鄉西陣一般，在沙沙如流水如落雨的好聽聲音中，不止紅綠紫，更多我們已遺忘的顏色，都在美麗的織錦布帛上閃閃發光。

「絹」，麥稍顏色；「綠」，帛的青黃顏色（顯然他們從實務中知道，混同青黃兩色紡絲會呈現綠色，下同）；「縹」，帛的白青顏色；「絑」，純粹的赤色；「絳」，大紅色；「縓」，淺絳色；

「縓」，帛的赤色；「緹」，帛的丹黃顏色；「緼」，帛的赤黃顏色；「紫」，帛的青赤顏色；「紅」，帛的赤白顏色；「繰」，帛的青色；「紺」，帛的深青雜赤顏色；「綪」，帛的蒼艾色，「緇」，帛的黑色；「纔」，帛的雀頭顏色；「緅」，帛的雛（蒼白）色；「綟」，帛的草染色等等。當然，還有好些不同的五采染織顏色。

請注意，這些顏色之字的釋義，大多數還保留了染此顏色的絲帛，如此和實物不分離的顏色，織錦布帛本身的質感賦予它們光澤和層次（《說文》還附帶這樣層次性的釋文：「一染謂之縓，再染謂之赬，三染謂之纁。」），草木染、礦物染、動物染的不同染料又保留了氣味——這樣攜帶著不同的光澤、層次甚至氣味，才是這些顏色之字最原初飽滿的存在。

染色的氣味有故事為證——相傳齊景公喜歡紫色衣服，造成臣民仿效而紫色布料騰貴起來，聰明狡獪的晏子便利用紫色染料的氣味，建議齊景公逢人就說他討厭紫色衣服的惡臭，果然一夕之間就順利平息了價格膨脹。

一個最美麗的形聲字

因此，儘管在美學上略有損傷，不再能如象形、指事尤其是會意，但形聲字還是很漂亮的，只要我們看久一些，動點腦子，加一點想像力，它就不再是沒自主性的純粹符號，而有寓言的味道。

最美麗的形聲字是哪個呢？我個人會選「星」字——星星原來的象形字是「晶」字，　晶　，用三顆明亮的大星代表滿天星斗，形聲字造出來新的「星」字，　星　，讓沉寂的文字星空叮叮發出聲音，而把原來的「晶」字保留給一種光亮的、閃逝的狀態描述。

聲音的部分，造字的人準確選了個「生」字，　生　，這是草木

萌生的美麗會意字，這裡，小草被移植到浩浩星空之下，景象遼闊而溫柔，你彷彿還可看見草葉上露珠的微光，一種有著細碎輕脆聲音的微光。

3. 象形的字

理論上，這應該算是個象形字，摹寫的是會讓彼時初民驚懼但並非不常見的自然景象，那就是集中於夏日水份暴烈蒸發、烏雲密布、即將降下滂沱之雨的天空閃逝畫面，由此凍結成文字。其中有雲的符號　　（云，雲字的原形），有悍厲撕裂天空的長蛇狀閃光，還有三個有趣的　田　字符號，當然不會是地上的田地忽然跑天上去了，這是這個字最有趣的部分。

因此，這個字就是「雷」字，會打死人和牛羊樹木帶來死亡，也會降下豐沛雨水帶來生命，若依卡西勒所主張初民驀然驚懼深印心版的「瞬間神」概念（卡西勒以爲諸神的起源正在於此），它顯然還會帶來宗教、生命本體的反思及其他。

如果我們希望這個字更象形更忠於自然景象一點，那甲骨文的確摹寫了另一個造型　，把　田　這個不易解的符號換成實體性的豆大雨點；如若一定要精準抓住打雷閃電且尙未下雨的山雨欲來迫人畫面（雨一降下，人心的確有隨氣壓改變瞬間紓解宣洩開來的明顯感受，如魔咒解除），好聚焦雷電的暴烈，不讓雨水模糊了分散了注意力，那甲骨文中還是有另一個我以爲更漂亮的造型，　　　，其中　　符號是不得不有點抽象化的光點瞬間凍結摹寫，這招在甲骨文不只一回用到，像我們前面提過的「晶」（　晶　）和「星」（　星　）兩字，便以此代表星芒或星子。

這兩個用雨點、用閃光的更象形之字，有人講同樣就是「雷」字，也有人硬要區隔開來說這應該是「電」字原形，老實講這沒什麼

關係，這類同源異字的再分割現象不算少見（比方說以下我們還會看到，「育」和「毓」字也是這樣，原來都是女性的生產實況摹寫），一般都是因應著後來的需要和實際使用隨機而生。

　　⊞ 是什麼？如果你去過外雙溪乃至於北京的故宮博物館應該有機會看到，比方說造字之前的彩陶上頭，這就是稱之為「雷紋」或「雷鼓文」的圖案，和雲紋水紋山紋等等一樣，先已經圖案化了、抽象化了或說幾何線條化了，沒那麼素樸象形。

　　從這裡來看，我們還可以不算附會的說，⊞ 字中的雲紋，似乎也有了圖案化的傾向，原本的雲字姿態要自然一些舒卷一些，更像它在天空的樣子。

　　也就是說，⊞ 這個字，有頗象形的閃電畫面，加上半象形半圖案化的雲紋，再加上已成象徵符號的雷紋，這三者古怪拼貼而成，若硬要講這是個象形字，也是個充滿後現代概念的象形字。

　　這裡，我們再來看另一個同樣出現在天上的字，比上面那個拼貼的「雷」，這個字更是魔幻的、想像的，⋔，這是彩虹的「虹」字，中間那尺蠖狀的彎弧沒問題，和你我看到的一樣，但兩頭的怪東西是什麼？有人講這是龍的頭部寫生（龍，⋔，雖然有人說這是揚子江鱷一類生物的變形，有人說是某種恐龍脊椎化石的想像還原，但基本上這已是個很魔幻的象形字了），也就是說，天上的虹，對造字的人來說，是一條巨大的七色兩頭龍，渴了正低頭吸著水。

　　正是這樣造出來的 ⋔ 字，制約了往後重造的新形聲字「虹」，讓它以「工」的類似發音，從屬於尺蠖所屬的「蟲」類，於是，在中國的造字心靈中，天上彩虹不是光影折射的自然景觀，而是美麗壯闊的生命，是一隻時時造訪的神聖大龍，比起《聖經》中它是上帝和亞伯拉罕的盟誓見證，是人和神滅絕性大戰的停戰協定兼核子限武談判，想像力走得更遠一些。

　　但這龍頭部分無疑是畫蛇添頭的行為，係來自於想像的眼睛而不是肉體的眼睛，是帶著神話傳說而來的象形字；或者倒過來講，是魔幻寫實，如哥倫比亞籍的偉大小說家賈西亞‧馬奎茲的自辯之言：「我的小說（針對人們所指稱的所謂「魔幻寫實」），每一行都有寫實的基礎。」

老材料與新造字

　　這樣，我們大概就警覺起來了，象形字絕非簡單無意見的造字，也許絕大多數它們的最終呈現方式，看起來就只是我手寫我眼的乖乖摹寫自然山川鳥獸蟲魚而已，但這只是因比重關係浮在海面之上羞怯安靜的冰山可見部分而已，我們只要稍稍把頭往下探。馬上就會發現麻煩和危險了，一種猙獰而美麗的麻煩和危險等在那兒，它十分之九的巨大部分藏於水面下，愈是航慣於文字海洋的老練水手愈懂得害怕。

　　我們先來看兩組數字，讓數字說話：一、據估計，人類生命史上的所有語言系統，僅僅百分之五產生了文字（當然，你可以說後來這百分之五的子裔主宰了這個星球，遂使文字涵蓋著今天絕大部分的地表，並不斷造成沒文字的人們及其語言死去）。二、語言，存在業已三、五百萬年了，大自然慷慨給予我們聲帶，使得聲音的有效和持續使用不會太晚於人類的存在時間，但文字從象形開始，卻遠遠不及萬年，時間比率最多只有百分之一，在這其間，眼睛可見的自然山川鳥獸蟲魚從未短少過，儘管樣子容或有點差異，是什麼阻擋了人們「自然而然」去摹寫它們呢？或者應該講，後來是發生了什麼事，啟示人們要大夢初醒般開始摹寫它們呢？

　　其實，正確的來說，人類對自然的摹寫並不自象形文字開始，而

是一種獨立的、不與語言接軌的圖畫，像我們說過彩陶上的圖像花紋，像比方說美國西南方納瓦荷族（沒有文字）先民畫在新墨西哥州巨大岩壁上，如今被盜獵的白人一塊一塊切下來運走販賣的狩獵或儀式圖像，或者更有名的，法國南方的拉斯科洞穴壁畫，估計距今一萬五千年到兩萬年左右，其中最醒目最漂亮的，是一匹桀驁不馴的橘色大馬（橘色，是因為受制於他們的染料顏色），生動且野性淋漓，儘管被獵人追捕屁股還插著箭。看它長相，應該就是一匹如假包換的高地馬（這是我愛馬成癖的女兒教我的）。

　　從彩陶上已呈幾何線條化的圖像，我們可知道其來歷的源遠流長，因為山、水、雲、雷的樣子不會一開始就以此種「提煉完成」的成熟美學樣態表現出來，而是枝葉細節在長時間剝蝕的結果；而納瓦荷印第安人的岩壁圖畫和拉斯科的地底洞穴圖畫更讓我們駭異，這些古遠美麗的畫作絕不是無心的、偶然的。像拉斯科，我曾經看過一部科學影片，是科學家從頭記錄他們用彼時可能的工具配備，試圖穿越時間重建繪圖當時的經過種種，這事的艱鉅、耗時和危險，可能還比其成果還讓人印象深刻。人要下到曲折無光的地底洞穴之中，在簡陋少量、黯淡冒煙而且火光持續跳動的動物性油脂「照明」之下，用他們事先有備而來、辛苦調製的顏料（包括礦物磨碎提煉的有色顏料，混合了可堪黏附崎嶇岩壁上的植物性黏著原料加人的口水云云，而拉斯科洞畫的安然存留至今，說明他們的顏料研發成果斐然），這才預謀的，緩慢的，讓自己心中那幅燦爛的圖像，一點一滴一絲一毫的浮現於這個無光的奇怪地點，有趣的是，這些宛如錦衣夜行的了不起古老畫家卻留下了自己的手印，看起來還是 ego 不小，頗有藝術家的自覺和自戀——無論如何，這絕不可能如今天我們興之所至，把紙筆拿出來就可以的行為，而是心中孕蓄著某種熾烈的、宗教一類的強大驅力，才可能一個個難關打通、賦予實踐的艱辛大事情。

　　從這些簡單的事實，我們便該把人無心的、被動的摹寫自然的天真圖像給棄去，順帶的，我們也應該由此對造字人們的基本形象有所調整——他們絕不是初來乍到，如童話中睡美人般睜眼第一次看世界那樣的人們，相反的，他們之前業已和地球相處了幾百萬年之久，已經用過非文字式的圖像一再摹寫過眼前的世界，也知道用繩結或刻痕來封存記憶，因此對某類和某種程度的符號使用並非全然陌生，此外，他們使用語言已有數百萬年時間，極可能，也斷續思索了幾百萬年時間。因此，在日出日落、月圓月缺和疏疏密密的星空底下，已有他們口傳耳聞、代代增添修飾的神話和傳說，對他們自身的處境，以及和自然界的關係做了程度不一的猜想、詢問甚至相當的「結論」，他們大概也一定有自己的音樂和舞蹈，這是另一種情感和思維的載體和符號云云。是帶著這些東西而來、並非兩手空空的人們造的字，創造出一種和他們的老語言接軌鬆緊程度不一的新的符號系統來，而面對造字啟動這樣未曾有過的新工作，他們勢必也像李維—史陀的修補匠一般，一再回頭檢視自己已有的各式材料，只要堪用，自然毫不吝惜拿出來用做造字原料。

　　因此，「雷」字的田形符號是老材料，「虹」字的吸水龍頭也是老材料。

　　還有沒有呢？應該還很不少。

　　比方說，數字的記叙方式，一般認為便來自於古老契刻的記憶，因此「一」畫一槓，「二」畫兩槓，「三」畫三槓，「四」呢？對不起仍然畫四槓而成為 ，到「五」才有了契刻的省時兼易辨識（不必傻傻去數）符號性處理，刻成為 　，同理，「六」則刻成為 　……

　　其次，則是結繩記事的應用，像甲骨文的「茲」字做 　形，或「糸」字，做 　等等，有可能只是繩索織線的直接摹寫（我比

較相信此說），但也有人堅信這正是昔日結繩記事的符號保留。

我自己覺得比較有趣的是甲骨字對骨頭的呈現方式。我們誰都看過海盜旗吧，畫一個有著三處黑色窟窿和森森白牙的頭骨，下面則交叉著兩根啞鈴狀的長骨，應該就是我們為數兩百多塊骨頭中最長的大腿骨部分。

這不是偶然的，因為圖像的訊息傳遞，你得找出最特出、最照眼明白的部分，才能降低「誤讀」的機率，如果你窮極無聊想用比方說耳朵裡某個奇形怪狀的小骨頭來表現，擔保你十個人看有十種答案。

甲骨文的「骨」字不少，大致皆做 形，肉眼第一感幾近不可解，但我們來看由此所衍生「死」字的其中一個造型 ，左方很清楚是一個哀痛逾恆的跪著的人，低頭對著右邊的朽骨，用此種方式來表達死亡毋寧是很奇怪的很魔幻的，因為一來時間感十分詭異，人要死成這副德性需要多長時間的剝蝕？不客氣來說，左邊那個人的哀傷也應該「很人性」的淡漠了才是；二來朽骨的存留，較容易保有的仍是頭骨、脊椎、肋骨和四肢部位這些大件的，因此我們可以講這個死去的人死得極抽象極符號，是二十世紀現代主義的死法而不是十九世紀大寫實主義的死法。

答案何在呢？我想，除非彼時的人有著不同於我們的「共識」，皆符號化的認定骨頭的表現方式就是這樣子；而這個共識又從何而來呢？應該就是來自對骨頭使用於占卜行為的熟悉，也就是說，甲骨文的骨頭早早放棄了寫實，而以甲骨文本身為典故來造字──聽起來像個繞口令。

我們就來看「占」「卜」二字，卜字先來，它是骨頭上出現的裂紋（燒炙的或自然的），呈 ，占字更好玩，是為 ，是塊狀的骨頭上的裂紋，再加上「口」的會意，說明還是得有通靈的人一旁解兆，做為神界和人界的翻譯者。

此外還有「禍」字，仍表現了死亡的意象，而呈 　　 ，注意仍是平板狀骨頭，而視覺焦點仍是卜狀的裂紋。

因此，我們或多或少就曉得了「死」字中的亡者為什麼長那樣子，尤其是 　　 上方的天線狀詭異圖像，極可能不是骨頭的任何樹枝狀殘餘，而是添加上去的抽象性裂紋符號，彼時人們一看到這個，便完全明白下面那塊就是代表亡者的骨頭，而不是木板房屋什麼的，就像今天我們看到海盜旗式骷髏一般。

也因此，有關造字起源的種種猜測，除了不負責任的推給倉頡一人而外，其他還有諸如「契刻說」、「結繩說」、「占卜說」、「八卦說」等等，但我個人寧可相信，這些都是大造字前人們的經歷和成果，只要還用得上，都會被納入造字的工程之中——就實質層面來說，這些成果直接化為建構的材料，就像我們上面看到的那樣；就思維層面來說，這漫長的摸索經歷，積澱為記憶，改變了或說整體構成了人們看待世界的角度和方式。某種意義而言，我們可以說，彼時造字的人們是有備而來，有著為期達數百萬年的準備。

從腳印開始

把契刻、結繩、占卜等等都降成匯為大河的支流百川，這當然也沒能解決造字之所以啟動那個最要緊但總是失落的環節，這一難題仍在，而且極可能還會一直存在下去，像個永恆的謎，但不能妥貼解決並不意味著不能再認真想下去，或說想也是白想沒有意義——我們人生現實的諸多難題，像愛情、家庭、宗教以及生死等皆不見終極答案，可是想還是要想，否則就叫做虛無。

中國古來的一則造字神話，便是對著此一難題來的，我們可以從《說文解字》中找到，那是記在段玉裁的序文之中：「黃帝之史倉

頡，見鳥獸蹏迒之跡，知分理之可別相異也，初造書契。」這裡，最
有趣的訊息是，大造字的最原初啓示，不是某一隻奇異的獸，某一隻
罕見的鳥，或某個突如其來的特殊事物實體，而是事物鳥獸走過留下
的痕跡，留下的腳印，你如果是一名有經驗夠水準的獵人，不難從遺
下的痕跡和腳印，回溯到這個已不在眼前的實體，知道它的大致長
相、塊頭大小、何時行經這裡、從哪裡來往哪裡去，像美國當代著名
推理作家東尼・席勒曼筆下的兩名印第安納瓦荷族神探喬・利風副隊長
和吉米・契警員，他們都是一流的追蹤專家，在新墨西哥、亞歷桑那
的岩山沙漠之間，他們甚至可以不要腳印，只要從灌木叢或某株野草
野花被踩過被啃過被碰撞過的樣子，便能告訴你這是人、鹿、土撥
鼠、叫 Coyote 的當地特種野狼或他們視爲比人更偉大更高階的野
牛，何時從此地通過。「每一種活物留下的痕跡都不同」，這就是印
第安追蹤專家對「知分理之可別相異也」的翻譯──唯一的差別是納
瓦荷人沒因此造字，他們屬於那只有語言的百分之九十五大多數。

有造字而且可能還是最早造字的北非古埃及人，無巧不巧的是他
們也把造字的功勞推給單一的對象，他是傳說中名叫圖特（Thoth）
的神，圖特神人身，但有一個朱鷺的鳥頭，左手拿書版，右手執筆，
掌管知識和魔法，並敎導埃及人寫字、計算以及制定曆法──有學者
從圖特的造型推斷，這正是古埃及人從尼羅河岸邊軟土上的鳥類腳印
得著啓示開始造字的神話變形。我們無從判斷這個推論對不對，但我
個人很喜歡其間所傳遞出的同樣訊息及其巧合。

造字，尤其是做爲造字開端的象形字，於是不那麼依樣畫葫蘆，
不那麼理所當然直接摹寫，其間的這樣曲折思量，某一部分解釋了它
爲何「遲到」了數百萬年時光。

當前台灣最好學博學，也最聰明犀利（這兩樣是連動的，年紀愈
大你就愈曉得是這樣子，絕不僥倖）的年輕文學評論者兼小說家黃錦

樹,曾準準的指出來,在文字和指稱的事物實體之間,有一個「轉喻」的過程。

以下,我們嘗試的來解釋文字這個必要的轉喻。

共同記憶

文字的指稱力量,通常不展現於所要指稱的實體就好端端杵在眼前之時──當滿天閃電雷聲交錯縱橫之時,當雨後黃昏那一道七彩斑斕的彩虹又彎過天際之時,當麋鹿成群正撒開牠們精緻削細美好的四腳奔跑之時,你不真的需要文字,你真正需要的是手指頭(食指),這是《百年孤寂》裡新馬康多村建造之前馬奎茲寫的:「世界太新,很多事物還沒有名字,必須伸手指頭去指。」

然而,太多太多次了,我們最需要它在,好讓我們方便伸手指出來時,它卻總是躲藏缺席,「當我最需要你的那一刻,你在哪裡?」──如此悲憤,便不僅僅是哀慟的被放鴿子情人所獨有的心情。

這時怎麼辦好?這時你就得要有某種「咒語」,好叫喚出隱身於彼此記憶中那個共同的東西,如同阿拉丁召喚出神燈中的精靈一般。

因此,文字是咒語,叫喚出記憶;文字是謎題,讓聽者猜出答案;文字是譬喻,讓接收訊息的人從已知去導出未知,文字是履霜而知堅冰至,一點寒霜,不必真等到完整的冬日夾帶漫天冰雪而來,就讓人在心頭重建出白色雪國模樣而打起寒顫──文字可以什麼都是,就不必要是指稱事物徹徹底底、纖毫畢露的摹寫,它的訊息接受者,不是只長一對眼睛的怪物,而是有記憶而且會思維的人,他多少會聯想,會觸類旁通,會在一個圖像一個訊息進入眼底那一刻,腦子像磁石般自動吸來數量不一深淺程度不一的其他相關圖像和訊息,他不是

腦子空空或甚至沒腦子的笨蛋。

在文字的轉喻過程之中，記憶，尤其是發文者和受文者共同的、重疊的那一部分記憶，是最重要的，這是文字訊息的交易場所，異質的、未知的、陌生的訊息在這裡被「兌換」為彼此同質的、已知的、熟稔的通用訊息，一如異國的貨幣被兌換成本國的通貨一般，轉喻，就是在這裡完成。

也因此，當這個共同記憶愈大愈深厚，文字負載的所需訊息量就可以相對的減低，文字也就能愈節約的使用——我們不難在生活中聽到或自省到諸如此類的對話，比方說發生在尋常夫妻兩造之間：「那個結果你今天有沒有去跟那個誰要？」「沒有啊，因為我才要去就接到電話，說照原先那樣就可以了，其他三個人應該不會再堅持要那樣。」這個順利完成一切必要溝通的兩句家常對話中，所有最關鍵的訊息部分，包括要的東西、要東西的對象、忽然打電話的人、最原初的處置方式、另外三個人是誰、其意圖改變的處理辦法，乃至於整個事件的呼之欲出圖像，全是代稱的，節約的，對旁人（未擁有如此共同記憶者）而言隱藏的方式來表述，但對這對夫妻而言，一切再坦白不過，像攤好在太陽光下無一絲疑意。

然而，也正正因為異質陌生未知的訊息得仰賴共同記憶的轉換，難免令我們警覺起來，這所謂共同的記憶是完全重疊密不透風嗎？你記憶中的綠色和我記憶中的綠色是完全一樣的嗎？另外，逸出共同記憶之外那一部分殘餘的、得用想像力來補滿的訊息和圖像，你想的和我想的會一樣嗎？是不是一定有轉換不過來的碎屑掉落於縫隙之中呢？——這些懷疑看來都是對的、必然的，這正是文字無能為力的地方，也是文字傳遞訊息溝通訊息途中不可能消除的「測不準原理」式誤解，它大多數時候難以察覺，但不會自動消失，而是安靜堆疊起來，在能量累積足夠時爆發出來，以變動地形地層的方式改變文字的

發展和使用形貌，當然，也往往以同樣暴烈的方式發生在自以為彼此
了解、彼此坦誠沒秘密沒欺瞞的甜蜜夫妻之間，莫名其妙忽然造成家
居方式及其形貌乃至財產分配的可怖劇變。

文字密碼

理解文字的轉喻和共同記憶的依存關係，我們便不難理解乃至於
可以壞心眼操控文字所隱含的權力本質部分了——它最極致的一端便
出現所謂的「密碼」，密碼其實便是一種對共同記憶的操控魔術，它
以秘密的約定方式，把某一部分共同記憶建造起來並封閉，好排他性
的獨占這個共同記憶，讓轉喻私有化，讓訊息只容允許的少數人擁
有，從而寡佔訊息所必然攜帶的權力。最需要也最會操弄密碼的，在
人類漫漫歷史之中，一是以戰爭為權力爭逐手段的人，用於戰陣之中
好從權力鬥爭場域中脫穎而出；另一則是宗教的祭司僧侶，用以隔離
世人，好獨享上帝的啟示乃至於人間的知識，這絕非偶然或者巧合，
國之大事，惟祀與戎，權力的如此操控方式由來已久，如果你想要找
出人類歷史上最狡猾最殘酷最對權力不知饜足者，很簡單，順此文字
邏輯找到並瞄準這兩個領域就行了，絕不可能漏失掉什麼。

有關權力和訊息的依存、共生、替換關係，在今天已是常識，不
用我們引述新馬批判理論，不用讀羅蘭·巴特，只要看電影就行了。
楊紫瓊所演龐德女郎的 ○○７《明日帝國》中，那位仿梅鐸的喪心病
狂報業鉅子所洋洋自稱的便是，以前權力依靠的或者是飛機坦克核子
彈，如今則是「訊息」——當然，電影中絕不允許他得勝，一定要死
得很慘，比較有趣的是，取名「明日報」的，不管在好萊塢的虛構英
雄劇場，或在台灣的人生現實之中，皆不約而同以垮台收場，不曉得
這是狂妄冒犯上帝的懲罰呢？還是人們意圖控制不可知明日必然失敗

的某種歷史隱喻？

這樣共同記憶所形成的文字密碼意義，若我們把它降到文學來，便容易得到多少有點令人灰心的圖像──文學的書寫，在文字的選擇那一刻起，事實上，你已相當程度的將眼前的人劃分開來，像昔日出埃及的摩西面對滔滔紅海一般，一邊是和你的書寫有著基本共同記憶可解碼的人，另一邊則是不具共同記憶如東風射馬耳的人，溝通和斷裂在同一刻發生，這也難怪好的文學一直有「瓶中書」的蒼涼感受，把訊息封存瓶中，留給遠方你不識不知的有緣（共同記憶）之人，這可以不必有絲毫權力獨占的意識，不必有任何倨傲之心要分別人的貴賤智愚，而是文字訊息的密碼本質，你選擇使用文字傳遞，它便不待你發動自己去分割受眾、自己去找尋解密對象。

愈來愈難解碼的文字

在文字的如此密碼光譜之中，一般性的使用文字當然在最底層，希冀它的解密作業最簡明易行──因此，它所賴以建構文字的共同記憶基礎，得竭盡可能求其最大、最普遍，最好是所有人的最大公約數。儘管理論如此，但徹底不遺漏一人的最大公約數是不存在的，因此，文字的辨識仍得仰賴學習，好補充漏失的記憶分享，而學習的失敗終極例子，便是絲毫不具解碼能力的所謂文盲。

這極可能便是文字始生的象形字，和單純的實物寫生繪圖最大差別所在：象形字是文字，不需要完整交代纖毫不漏的圖像，它是痕跡、是腳印、是線索、是密碼，只要快速的、節約的捕捉到完整事物或概念最獨特、最不易混淆的部分就可以了，但這個特色得是尋常人等照眼可看出來，最好就是周遭熟悉的事物（最大共同記憶），因此，上看日月星辰，俯察鳥獸蟲魚，文字很方便從這個所有人共有

的、重疊的，萬一還看不懂等明天日出有光亮時還來得及指給他看的東西開始。

四隻腳的獸類之中，牛的特色他們判斷是那一對大角，因此甲骨文只處理這個，不及身體和四肢，　　；同樣的，羊也是那對角，但長法不同，因此甲骨文分別為　　；此外，馬的特別之處是它的聰明大眼睛和風中飛揚的鬃毛，因此　　，四肢方面簡化成兩肢也就交代了事訊息完整了；鹿又是角，但它是壯麗的樹叉形狀，　　，也一樣只用兩隻腳。

天上的月亮，最特別是自古難全的陰晴圓缺現象，造字的人當然不會選用它最飽滿最神氣的渾圓時刻去跟更渾圓更光亮的大太陽競爭，也不會選用「月亮像一根眼睫毛」（港產名小說家鍾曉陽語）的乍乍纖細新月時分故意混淆視聽，他們用西瓜切片式的半圓形狀，　　，只因為這才是月亮在自然界實物形態上最特殊、最單一標誌的商標圖像。

但這明白易懂的眼睛第一感圖像部分數量極有限，很快會用完，邊際法則的作用，逼象形字不得不往較精緻、也解碼者日稀的寂寞路上走去，這是沒辦法的事。

這裡我們只舉一個實例說明，我們曉得，人自身的甲骨文形象是　　，而小一號的「小人」則可用稀疏的頭頂黃毛來表現，這就是「子」字，　　，今天的漫畫、卡通小小孩造型也還是這樣子，（這裡一定要大家看一個「子」的金文字，出自利簋，是我個人所見過最可愛的字，　　，如何？是不是可愛翻了？）但更小一號的，初生不久的嬰兒怎麼辦？於是，我們便看到甲骨文被逼出一個準確美麗的字來（我個人非常非常喜歡），那就是「兒」字，　　，這是眼睛不可見的實象摹寫，其特色所有負責任的為人父母者都曉得，那就是初生小兒頭髗骨的囟門部分未合攏，生物學者說那是因為人類演

化出的巨腦，在胎兒出生後仍未停止生長，因此髖骨相對的開放，留著銅板大的空隙，在頭皮頂下，軟軟的，可感覺出血脈的舒張跳動。

這個「兒」字，事實上已到達象形字的邊界了，用中國的老文字分類概念來說，是曖昧立於象形和會意的邊界，再往前一步，人的肉眼便再不能依賴了，得更倚靠人的思維，也就是說，對人們共同記憶的部分得更苛求更講究了，這是文字發展的宿命。

也許我們應該這麼解釋好些，文字的日益艱深，其實是因為使用文字的人們，總有一部分人不想停留下來，他們試圖扮演思維的探險家，想知道得更多更精緻，於是，像個忠心耿耿、打死不跑好夥伴的文字也被拉動向前，捨命相陪，並不惜拋下那些不持續堆疊更多記憶的不思不看之人，好負責傳遞更多更精緻更解碼不易的新訊息；但也在此發展同時，文字自身逐步理出秩序，建構成系統，並開始大量在這個系統內自己堆積意象和符號的記憶，形成一個個文字自己的掌故，因此，對置身此一文字系統之中，熟稔這系統發展及其遊戲規則的人而言，原先既成的文字成品又變成新的共同記憶，變成新造文字的材料和解碼的新線索，文字遂可以利用這些「多出來且持續增加」的文字共同記憶，對造型（即線索）一步一步再簡化，就像雲不必再畫那麼完整那麼傳神擬真， 大家就都看懂了，雷也不必再費神仔細重現， 也就夠了，只要小心別和田地搞混。

基本上，文字並不耽美，它是很務實的實用主義者。

如此，便構成文字發展的「裡外不一」有趣特質──就內在訊息層面看，文字一路朝更難處走；就符號外形而言，文字的長相又一路簡化。有關文字的簡化，我們留本書稍後再談。

莫內的眼睛

塞尙曾如此讚歎過印象派繪畫大師莫內：「莫內就那對眼睛，但那是多麼無以倫比的一對眼睛！」——我個人常覺得好玩的是，有關印象派挑戰古典繪畫那一堆繪畫史的革命性（當時）理論，好像整個可以移過來解釋象形文字。

在甲骨文的世界之中，我個人最喜歡的是帶著睜大眼睛符號的字（也因此這本書才從登高望遠的 𡕥 字開始），視覺不只是人最清晰、最普遍、最直接的感官，而且應該就是感官之始（概念意義上），還是我們思維材料的最大供應商。我總是好奇彼時造字的人們那對貪婪的、因造字啓動而發現新視角新用途且驚喜於原來這麼好用的眼睛究竟看到些什麼？掃瞄到什麼？更好的是，彼時文字的高度象形存留（不只在純粹的象形字中），又相當忠實的、有些甚至如印象派準確捕捉那一瞬的把眼睛看到的東西刻下來傳給我們。

感激莫名，無以爲謝。

無以倫比的莫內眼睛，這當然不會是眼科醫生對1.5、2.0視力的健康式讚歎（事實上我們曉得莫內晚年白內障，嚴重到需要標示好的顏料籤條來選顏色），我在想，也可能不僅僅是莫內對空間中構圖的選擇和最美好視覺焦點的捕捉而已，而是這對眼睛神奇的望向時間，準確的在連續的、綿密的、不分割的，從不爲任何人猶豫過任一彈指任一刹那的時間之流中抓一個數學點，讓它硬是停頓下來保存下來——如此接近奇蹟的時間之眼才值得讚歎，才能抗衡並讓《聖經》中上帝耶和華的夸夸大話：「除了我，誰能令日頭停止？」成爲牛皮。

衆所皆知，莫內的印象派不是靜態無意見的寫生，不是「自其不變者而觀之」的恆定風景摹寫，他們強調光影變化，強調事物之一

瞬，在廣漠的時間長河之中他們只取那驚心動魄的一剎那。

　　這個和時間的英勇搏鬥企圖，才是印象派最堅實深沉的哲學基礎，藉由最短、最不穩定的光影捕捉，這不僅順利聯結上人類思維乃至於一切文學藝術駐止流光存留美好的終極渴望，而且還進一步通過具體而尖銳的實踐予以彰顯。然而，也就在這尖銳的交鋒之處，一個文學藝術的亙久時間矛盾也同時被放大了出來：你如何耗時的去抓住那幾乎不佔時間的一點？

　　你意念才動，尚來不及提筆沾好顏料，你炫目的光影已離開了，雲層再次舒卷了，風也止息了，河裡的渡船又向下游移了兩分，這個「說時遲那時快」的兩種時間矛盾，我記得國內的名小說鬼才張大春曾認真思索並專文論述過（收在他《小說稗類》書中，但不記得哪一輯，他實在寫太快太多了），然而，在小說之中也許不易察覺得如此矛盾，到印象派手上卻不得不浮現到人皆可見的迫切地步上來。

　　因此，印象派強調當下眼睛所見的真實（以抵抗畫想像式的《聖經》歷史人物肖像），但他們真正畫的只能是記憶——記憶是時光列車的第一個停靠站，乘客由此才能轉車到詩到小說到歷史到繪畫雕刻。也因此，印象派的畫家不一定要曬得很黑很小麥色肌膚，有資格當耐吉球鞋或某運動飲料廣告代言人的健美型人物，他們好生守護住心中那幅光影明迷的瞬間之畫像小心保護一個不能熄滅的火種一般，還是可以回家到自己畫室裡，再一筆一劃好整以暇並從容修改的在夜間燈下畫出來。（要不然你想，以秀拉那種不調色的點畫法要搞多久啊？）

　　莫內的眼睛，於是正如生理學家告訴我們的，仍有神經聯結到了大腦，以及哲學家所相信的，聯結到至今誰都還不曉得在哪裡的所謂心靈——一方面，他的眼睛表現極稱職，是個好的材料供應商，但真正厲害的是指引著眼睛的腦子和心靈，還有，我們最不可及變魔術一

樣的雙手，有些記憶畫面，老實講我們也有也驚異過也難忘過，但一不小心就畫成更「進步」的抽象畫。

是的，不是從眼睛直接通到雙手，這兩站之間沒直達車，一定要繞道腦子和心靈，在那裡積澱成為記憶整補成最美好的圖像，這個必要的轉車就是黃錦樹講的轉喻過程，眼睛輸送來的原始渾然材料在此挑挑撿撿（有時自動化到幾不可察知），捨去一些多餘、重複、無關緊要的，把其中最好最有加工增值潛質的好好琢磨。非常喜歡繪畫且對繪畫技藝情有獨鍾的李維一史陀也這麼講，他相信即便是技藝，重要的仍是腦子，其次才輪到雙手（「人手比起人腦，仍是個拙劣的工具」）；他也強調「逼真畫」絕不是眼睛所見實物的單純摹寫，而是畫家和繪畫對象的「主體客體的合一」，通過這個必要的合一（在記憶裡），單純扁平的風景遂有了焦點有了意志，從而深邃起來，可以用二次元的畫布傳遞三次元的畫面，以及第四次元的思維訊息，是這樣才完成了一幅好畫，觀者眼睛看到一幅畫，也同時察覺、感受甚至心領神會存在畫中的訊息。

非現實之物的現實主義

如此，我們或許就更理解了「雷」字和「虹」字何以打開始就以這怪異長相出來，也讓造字之始的所謂「象形字」意義深沉起來正確起來——生物學者告訴我們，人眼的物理構造沒變，不一樣的地方源自於人的內心深處（腦子和心靈），當然它不是唯心的，而是眼前客體和內心思維記憶的疊合，眼睛所投射的乾淨素樸線條遂有了變化，開始模糊起來，搖曳生姿起來，甚至冒犯我們的扭曲變形起來。這樣的不盡忠於眼前實像當然是有意的，在摹畫者的知覺之中的，就像最初摹寫彩虹那個人不可能不曉得他其實添加了不在眼前的兩端龍頭，

但對摹畫者而言，這樣的選擇變形添加卻極可能是「很自然」的，他認為這才對，才完整，才負責忠實，他從頭到尾沒講一句他要象形，講他只使用他知覺中只佔一小部分的視覺而已，象形是我們事後方便貼給他們的，既非造字原則也不是美學判準。

因此，如果「象形」這個標籤有問題，會誤導我們的認知，會因小失大，我個人建議我們當下就可以取消它丟開它。

這便碰到「真實」和「實在」的麻煩認識論問題了。這裡我們只再說一次，造字之始，是艱辛且開天闢地性的創造大事，造字的人心中有事不能解，不只是想當個拍照留念的悠哉遊客而已，這不足以驅動他們，他們的想望和野心明顯要比這大多了，他們就連物象之外那些沒形沒狀的、眼睛功能不足看不到的、甚至一閃而逝的東西也想一併給抓下來，而在他們所身處那樣一個萬物俱靈的現實裡，這些滿天飛舞卻肉眼「幾乎」不可得見的東西，的確遠比今天我們所相信的要多，也要「真實不疑」。

看結果好了，看結果出來的成品有時也是個情非得已的好辦法：你喜歡科幻電影片頭那種典型的仿照相繁星畫面呢？還是梵谷星光古怪旋動流轉的《星夜》呢？老實說哪個更「真實」且淋漓的抓住我們和抬頭滿天亙古星圖的心悸感受的無可言喻命運聯繫呢？

有眼睛是很好的，是無上恩賜，但除此而外，我們也還有其他有意義而且精緻的知覺，沒必要讓兩隻眼睛單獨得勝而逐行專制統治。

賈西亞·馬奎茲又是另一個好結果，他同時也是「眼睛和我們長不一樣」的人——據他自己回憶，他眼睛的改變從最早的童年時光就開始了。他誕生在外祖父母所居的阿拉卡塔卡鎮大宅之中，跟內戰英雄的上校外祖父和滿腦子鬼神迷信的外祖母長大。外祖父跟他講哥倫比亞乃至於整個拉丁美洲的無止無休革命暨內戰傳奇，讓他浸泡在真實的死人之中；外祖母則為了讓她這位日後拿諾貝爾獎的小外孫乖乖

坐椅子上不亂跑，不斷用形形色色的鬼故事嚇他，各種鬼魂，各種凶
兆，在茉莉花香氣和蟋蟀鳴叫聲中，小馬奎茲看過帶著死亡信息的黑
蝴蝶飛進屋裡，看過做彌撒途中忽然騰空而起的神父，看過和活人一
般無二、住屋、起居、活動的安安靜靜死人，以及黑夜一到，便滿空
氣中來來往往的陰魂幽靈。

　　這是什麼？馬奎茲自己下的定義是，「非現實事物的現實主
義」，或者是，「十分合情合理的非現實」。爲他寫傳記的薩爾迪瓦
爾註釋得非常好，他說：「（這是）神話、傳說、信仰、迷信構成一
種與客觀現實本身同樣強大抑或比它更爲強大的準現實框架，並且決
定人們的思想與行爲。所以在他的作品中，『現實』這一概念的內涵
將要擴大，將要變得較爲複雜，他爲這種現實所承擔的作家責任也將
隨之擴展和變得較爲複雜。」

　　而最重要的，這就是《百年孤寂》。

4. 指示的字及其他抽象符號

　　這裡，讓我們來料理一下指事字的問題。指事字是甲骨文中最稀少的字種，但真的有它很好玩的地方，那就是純抽象指事符號的發明和應用。這個抽象符號的存在，說明了文字要探入抽象概念表述的某種程度艱辛，得無所不用其極才有機會克服；但另一方面也說明執著於具象表達的老中國人並不真的那麼死板，不知變通。

　　指事符號通常是個小橫槓「－」，就像電腦螢光幕上出現的游標一樣，應我們目光的焦點不同跑來跑去，靈活得很。

　　上頭那一組三個甲骨字，一看就曉得都和木本的樹有關係，事實上，把它們三個並列一起，便構成了一幅諸如小學生課本裡樹木的構造圖解及其稱謂，小游標跑到　　　也就是大樹頂端要我們只看此一部分時，這個字是「末」，指的是樹梢枝椏；小游標回到正中央，

　　　，這個字成了「朱」，意思是樹幹部位，也就是「株」的原形字；等小游標再降至最底部時，　　　，又變成了「本」，以此類推當然意思是樹根。

　　今天，這三個字雖然全被轉注或假借走了，但走得不遠，還很容易追得回來。

　　小游標回應著指示功能的必要，倒也沒有非一定表現為橫槓不可，比方講最具代表性的是這個字，　　　，　　是刀的象形字，小游標斜斜跑到最鋒利割人的地方，這個字即是「刃」字，意思正是刀鋒；又比方說這個字，　　　，小游標乾脆一分為二，分別指在人形符號的兩腋之下，這就是今天的「亦」字，腋字的原形，後來被假

借走了，卻莫名其妙費了好一番手腳才重新得到失落的專屬指稱——
這過程重建起來大致是這樣子的，「亦」先是做為聲符，結合了
，也就是月亮的意符組合成新的形聲字　　，這就是「夜」
字（占人生時光整整一半的夜字，居然這麼晚才出現，並不表示古人
的天體循環有何不同，可能只說明照明未發達的早期，日落之後無光
的漫漫長夜是的確存在但毫無生活實質意義，無須賦予專屬的標示；
當然，也可能彼時這段做不了事的暗黑時光有另外的文字代表，比方
說甲骨文中有一個充滿虔誠意味的字，　　　，是人恭敬跪著迎接月
亮的漂亮之字，這就是今天仍大致保有著原來意思的「夙」字），之
後再以這個夜字為聲符，加肉體符號月（　　）字為意符，而重新
誕生出這一波三折的全新「腋」字出來。

　　更有趣的是，這個腋字是有著月亮的符號沒錯，但卻不是我們一
眼看到的月字邊，那是肉體符號在字形變化時造成的，真正的月亮已
化入字中再形容難識了。

　　提到亦字，就一定會讓我想起一個我個人非常喜歡的字，
，當然這個字並非指事字，而是漂亮的會意字——在同樣人的
雙腋之下，畫上網目疏張的織物類符號，一方面顯現那種清涼通氣的
輕薄麻、葛一類的夏衣，同時又準確無比標示在人身最積汗難受的腋
下，這個字就是「爽」，實至名歸，一看就神清氣爽、一派自在清涼
無汗的舒服樣子，三千年之前的字，直接可在今天搬上電視螢光幕做
夏日冷氣或冰品一類的廣告。

曲線式指事符號

　　再來則是彎曲成曲線以求更精確的指事游標。

　　先看這個字：　　，　　是手，指示游標呈曲線告訴我們要

的是這一截，大致是我們的小臂部位，於是這個字成了「　厷　」字，也就是「肱」的原形字，三折肱而成良醫，台語翻譯是打斷手骨顛倒勇。

　　同樣的情形是這個字：　，尻，臀部也屁股也，同樣道理同樣手法曲線游標括住我們所要傳達的部位，這個尻字，認識的人已愈來愈稀少（另一個幾乎和它形成對稱的形聲字則比較幸運，因為被納入流行語使用而復活，轉注為「很棒」、「很厲害」的洋洋自得意思），死期已然不遠，往後，我們可能只能在東鄰日本見到它，那是北海道外海的一個小孤島，名叫利尻島，產日本最好的雲丹（海膽卵）和昆布，你從北海道最北的稚內搭船，航程中一路有海鷗伴你而飛。

　　此外，還有一個稍有爭議的指事字，　，曲線游標準確括在人的中腹部這一截，這就成了身體的「身」字，應該就是「腹」、「肚」這些稍後形聲字的原初指稱──但要命的是，另有一個身字的甲骨文在腹部中空之處加了一小點而變成了　形，於是抽象的指事符號遂當場變成實體性的鼓脹肚皮而懷起孕來了，也就是所謂身孕之意的另一種身字（台語至今仍這麼說），於是，老子所言「吾之有大患唯吾有身」，本來是哲學睿智況味十足的話語，是人對自身肉體存有的深沉反思及其超越，這下子墮落成了 teenage 年輕莽動男孩女孩玩火後的絕望發現：「我完蛋了，我猜我懷孕了。」

小點的三態變化

　　當然，所謂六書只是中國大造字告一段落之後的嘗試性分類解釋，而且還是在沒見到甲骨文狀況下的相當程度猜測性分類解釋，既非先設的造字指導原則，事實上也不盡完備與準確，比方說，像甲骨

文中尙存在著另一些抽象性的符號，卻很難被歸併爲上述的指事符號，這些往往更異想天開的符號，不僅更現代感，甚至還卡通化，令人莞爾。

得提醒一下的是，並非所有甲骨文中的小點小槓都是抽象符號（我們說過，甲骨文因係刀刻，圓形不圓，小點小槓也往往很難分別），它往往是滴落或飛濺的小水滴，包括血水，比方說畫成 点 的「祭」字，小點就是手拿肉塊祭祀時滴下的血水；包括雨水，比方說畫成 雨 的「雨」字，以及我們已看過的、更傳神好一幅雷雨割破天空雲層沛然刷洗下來的「雷」字， 雷 ；包括井水，比方說槓桿原理省力汲水工具發明的圖式證據， 彔 ，「彔」字，活生生一個架在水井上的汲水轆轤模樣，井水四濺；還絕不誇張的包括口水，這個有趣的字畫成這樣子， 次 ，是一個跪坐的人張大嘴講話的模樣，口沫順勢橫飛，當然不雅到一種地步，這個字就是「次」字，大致是指控性的「低級」之意，如果你也有幸挨過，想必同樣印象良深難以抹滅。

小點除了液態的水之外，也可以是固態的，比方說畫成 稻 的「稻」字（禾旁是日後才添加的意符），很清楚容器盛不下的滿而溢小點是米粒；也可以是氣態的，比方說畫成 香 的「香」字，便是穀類煮食時逸出的香氣，是永遠飢餓狀態下的小學放學回家路上最聞不得的美好氣味；還有 燐 ，「燐」字，是人形周遭散發出來的鬼氣森森燐光，想來不大可能會是個好好活著的人。

傳送到耳朵和皮膚之字

讓我們重新回到抽象符號來——老實說，後代嘗試用指事符號來歸類，眞的是小看了造字的自由不羈及其華麗的想像力。

來看這個字： 彭 。

這個基本上可稱之為異想天開創造成的甲骨字，左邊的 壴 是個鼓（但甲骨文中的「鼓」字，得加上手持鼓槌擊打的圖像，而成為 鼓 ），至於左邊的三個斜斜小點，究竟該不該稱之為抽象符號呢？它是鼓敲擊起來的聲波振動，我們肉眼不可得見，但耳膜乃至於皮膚表層的末梢神經可是清楚接收得到，造字的人把空氣中透明的震動聲音，奮力的刻畫成實像顯現出來。

這個字就是「彭」字，鼓聲，《詩經》裡也借用為車輛或馬匹大規模開拔的吵雜聲音，我們今天同樣擬聲的寫成嘭，用在波濤的擊打聲音則改用澎，原來的字失去了所有的意義，最終只存留於姓氏之中。

「六書」之中，它該歸屬哪一類，不是指事，不是形聲，說是會意嘛有點勉強，毋寧最接近象形，一個「耳朵聽見的象形字」或者「皮膚感知的象形字」。

鼓聲是一種有著普世性感染力量的動人聲音，不曉得是因為它極可能就是人類最早的發聲樂器（而且好像沒有哪個民族沒這玩意兒的），從而神秘的叫喚出來我們最亙古最原初的，如容格所稱的集體鄉愁記憶呢？還是因為我們基本生物結構的關係，它模仿或偶合的正是我們生命象徵的心跳聲音，因此，我們由此而來的血脈奔流節奏，很容易的就跟上鼓的震動聲音而同步合拍？──中國的《禮記》對於如此的效應有著極精準的體認和明文記載，說「鼓聲歡，歡以立動」，的確這彭彭響起的聲音會讓人血液循環驀然加速起來，不自覺站起身，知道一定有什麼事要開始了，比方一次狩獵行動，一次戰爭，或今天更多人感同身受的，狄士可舞廳或者搖頭吧裡又一場大汗淋漓的熱舞開始了。

鼓是開始，可能唯一的例外是清心修行的佛寺廟宇，他們倒過

來，清晨敲鐘，薄暮擊鼓，我的老師告訴過我：「鐘聲令人起悠深之思，而鼓聲則是充實的存在和行動。」看來，這些得道的高僧們，上班時要求的是寧靜杳遠的心思，倒是下班後也跟我們一樣，鼓聲彭彭，有一種活過來的感覺。

無論如何，今天我們重看這個三千年前的有趣鼓聲之字，尤其是那三個震動符號，想必只會覺得會心親切，不會有絲毫陌生之感，因為這正是今天卡通影片和平面漫畫最慣用的手法，我們從小和它一路相處過來，只是不曉得原來它如此古老，足足存活了三千年以上。

眼睛的錯覺之字

最後，我們再來看一個更卡通更漫畫的字，這是從許進雄先生的《中國古代社會》一書學來的。

在甲骨文的世界之中，人仰靠雙腳行走的三態變化，其中最基本、最安步當車的一種正是「步」這個字，甲骨文做 ，草鞋步鞋草鞋步鞋兩腳交替向前邁；也有再加上道路符號而成為 （左右腳哪個在前無關宏旨），開大門走大路。

要是真有急事想走快一點，便成為「走」這個字，這個字在甲骨文中沒出現，但稍後的金文仍形態清晰可識， ，大步向前疾走的人左右手也跟著大幅擺動起來。這個快步而行的「走」字，從聲音到字義還在今天的台語中好生生保存著，台語基本上沒有後來替代的形聲字「跑」，一路沿用這個古老的字。

更快比方說有猛獸或債主或盛怒的老婆在後追殺時怎麼辦？於是這原本就奮力邁步的人遂再加速成為如此沒命狂奔的樣子， ，這就是今天的「奔」字，此字的創造精髓當然就是最底下那三個腳印符號——當然不是人因此變成腳很多的蜈蚣或腳更多的倍足綱馬陸，

這個多腳的影像絕非實存，卻很顯然正是造字者眞的肉眼所見且忠實
予以記錄，它一不弔詭二不神秘，就只是源自於影像的視覺暫留現
象，因爲我們眼睛反應不夠精確靈活的錯覺所形成的。但說起來也還
好有這麼個缺陷存在，否則我們今天看的電影電視或電腦遊戲迫力十
足的三Ｄ影像畫面將失去一切神奇魔力和效果，我們看到的只會是
一格一格分割如漫畫書的畫面，那很多人晚間和假日的悠悠時光就不
曉得該如何是好了。

　　同樣的麻煩：「奔」這個字，我們該說它是會意字或指事字或形
聲字嗎？不可靠的《說文解字》說它從夭卉聲，當然是胡說八道，我
以爲它仍應該算眼見爲憑的象形字——如果說，　　是「耳朵所聽
見的象形字」或「皮膚感知的象形字」，那這個　　字一定可稱之
爲「眼睛看錯的象形字」不是嗎？

5. 轉注・假借・不再創造的新文字

上頭這一排四個字分別是「東」「西」「南」「北」的甲骨字，在談下去前，先讓我們進一段廣告。

我個人之所以注意到這四個字，是看了許進雄先生一本精采絕倫的著作《中國古代社會——文字與人類學的透視》。這本台灣商務印書館印行的絕妙好書，任何對中國文字有興趣的人，以及到現在為止還想不出中國文字有何樂趣可言的人都應該買來看，訂價五八〇元，但保證物超所值，使用後不滿意我個人願意負責原價回收，包買包退——事實上，我個人買來隨手給人的已不止十本之多，我猜，同樣極力推銷此書的國內文化學者詹宏志所購買的也應該不下這數字，往下，我們還會不斷提到許進雄先生此書之中的動人發現和洞見。

好，有史以來最誠實的廣告先告一段落，這裡讓我們先回到東西南北來。

用東西南北來做為三百六十度方位的四個基本定點，是相當普世性的方位標示方式，但不是實存的，而是人的發明——這個發明當然還是有其漏洞，一方面是因為據以發明的日昇日落位置、北極星不動所在和牽引磁針的地球磁極之間有著微差云云；另外，東西南北是二次元扁平世界的方位標定，如同歐式幾何的缺陷一般，當它應用於三次元的非歐幾何實存世界時，難免會出現麻煩，你一定聽過非歐幾何的所謂球面和馬鞍面，所以才會出現你若立身於南極點上，不論朝哪個方向走去都是向北走的詭異事情。

當然，就我們正常人的正式生活來說，東南西北有個一二度的微

差是可忽略，而位於「南國以南」的奢侈南極點也不會人人能去時時
會去的，因此，東西南北仍是堪用且有效的。只是，我們其實並不一
定仰靠它們來指引我們生活中的行動方向，尤其是住城市的人。高樓
大廈擋住了人的望遠目光，平直的地平線成了城垛狀高低起伏的所謂
城市天際線，太陽只在窄窄的頭頂天空才可能瞧見，日出月落之事離
開我們的生活起居，正式被劃歸到休閒旅遊的範疇（「讓我們到玉山
或花蓮海濱看日出」），本來就不是最亮的堅定北極星更可能一輩子
只聽過沒看過——更有效指引我們方向的是人工建物的道路和各個建
築地標，東西南北究竟何在好像只剩周休二日打麻將的人還會操心。

　　但也並非所有的城居人口都這樣子，比方說，北京人（當下的，
不是五十萬年前活著、先是國寶後來消失的那個頭骨）還是習慣東西
南北的，我猜，這跟北京城存在太久太重要有關係，方位標定準確的
東南西北城門制約了往後城市的道路系統和生活動線，遂進一步沉澱
到人的意識和語言之中——有回，我們一干人等閑談起此事，正巧北
京來的學者戴景華教授也在座，戴教授接腔道：「是啊，在咱們北
京，丈夫半夜炕上翻了個身，推了下老婆：『你往南邊靠靠。』」

　　依許進雄先生的解釋，東，　　，像兩端束緊的某種袋子，在
尚未開發出紙袋和塑膠袋的當時，可能是動物的中空胃袋；西，　　，
，像個藤類材質編織而成的籃子；南，　　，像懸吊起來的鈴或
鐘，樂器類的；至於北，　　，兩人相背之狀——其中只有「北」
字還算追溯得回來，這個字應該就是「背」字的原形，後來被搶來做
為方位符號，只好在原字之下加個「月」的肉體符號以示區隔。

　　儘管來路已藍縷，有四分之三我們再追不回原初，但藉助甲骨文
形象的存留，至少我們可看出並斷言，這四個字的造型和方位的可能
聯想完全扯不上關係，甚至都是人造之物而未有自然界天地山川的任
何線索。

　　這裡，我們來談轉注字和假借字，如今從造字六書中被逐出的東西──只是，我個人以爲，不是因爲它們不重要，而是太重要了，得獨立的來認知。

轉注的意義延伸

　　我們說，形聲字不再創造出新的字形，而是用組合的方式來創造新的字；假借和轉注則根本連新的字都不再出現，而是原有文字的廢物利用，因此，沒有「造」，只有「用」，這樣的斤斤計較其實是有意思的。

　　什麼是轉注？轉注基本上是文字原初意義的輻射，通過引申、聯想而展延出新的意義和使用方式來，就好像日落黃昏的「莫」字轉成不宜，十字道路的「行」轉成動態的行走甚至再進一步延伸爲人的舉止作爲一樣，文字的轉注，在原意和新意這兩者之間，保持著意義上不絕如縷的牽聯──當然，在文字的長期使用之中，一個字極可能歷經了太多次的一再轉注，再加上文字發展過程中慣見的，使用者對於意義的誤解誤用乃至於單純的寫錯字，形成意義上的「斷橋」，再無法重建這道旅程，以至於我們今天難以辨清，究竟是文字的重複轉注而迷路，或僅僅只是單純的假借而跳躍。

　　也有些字，我們則從一開始就不容易分清楚它究竟有沒有原初的單一素樸意思存在而經歷了意義的轉注，還是它本來就極聰明的懂得用生活中的具象事物來表達一般性的抽象意念。

　　我們就來看原初的「初」字吧，在甲骨文中它極具形象，，左邊的 是象形的交衽衣服，也就是「衣」字，右邊則是一把刀，它究竟原是裁製衣服的專用步驟指稱呢？還是用「第一刀」的概念傳達「開始」的一般性意義呢？還有，像甲骨文中的

「即」和「既」這兩個字，若依原始的字形來看應該是兩個反意字，它們分別長成這樣子 𝕰 、 𝕰 ，左邊的 豆 就是稱之為「豆」的當時食器，兩字的差異只在於右側跪坐的人形，是正向或背向而已，因此它們有可能原來只是進食過程中開始和結束這兩個程序的專屬指稱，可再轉注成「靠近」和「完成」的抽象概念意義，也有可能造字之初就處心積慮借助這每日得做兩次（商代當時，據考證，一日吃兩餐）的熟悉行為，對準了來表達如此的抽象概念。

用波赫士的賴皮話來說（當然波赫士本人不是真的賴皮，他是謙遜，我們才真的賴皮），還好我們不是專業的教授學者，不必花腦筋負責解決這樣專業但無趣的問題，我們只要享受這些原始具象字形和今天我們理解的抽象意義之間的美好聯繫就行了——想想看這多好，原來「即」字的「靠近」意思之中，空氣中飄漾著這麼好聞的味道，飯香時節午雞啼，連公雞都違背職業守則跟著熱鬧叫起來；而「既」所表達的「完成」，更有一種酒足飯飽，從而放眼過去世界一派安樂和平的好景象不是嗎？

假借的意義跳躍

至於假借，則比起轉注要野蠻許多了，它是字的無償借用，借用時並不考慮到意義的必要勾聯，而只根據該字的聲音，把文字直接當聲音的記錄工具來用，這是中國文字發展暨使用過程之中最接近西方拼音文字抽象式記錄語言（即聲音）的方法。

因此，說借用實在是太客氣了，至少是幫派兄弟上門或政治人物跟公營行庫貸款的那種借用方法，用羅蘭‧巴特的話來說，這其實就是一種篡奪，另一種文字使用的綁架，借了當然不會還回去不說（台灣俗諺有云：「借錢要還誰敢借？」），善良些的還可以兩個意義並

存留點餘地，更多的情況是乾脆把原來的意思整個抽空掉，而形成現今使用意義和原初造字形態完全脫勾的斷裂現象。

東西南北，每一個字都是這樣，以下，我們多找幾個比較漂亮但橫遭掠奪的字來看，如通俗故事中那種命運坎坷的紅顏薄命情事，它們不像轉注字給我們一道「原來如此」的漂亮軌迹，而是一種不相襯、不知從何而來的詭異縱跳，像讀一首意義不明的詩。

「來」，今天常用而且誰都懂的字，它原來長的樣子是 ，漂亮款擺的禾類植物，據研究就是麥子。

「萬」，一樣常用而且一樣誰都懂的字，但它原來卻是一隻獰猛美麗的動物，　　　，蠍子，可再轉注成某種天賦異稟的女性同胞，草字頭是從牠那兩支漂亮大螯演化而成的，這個字被掠奪之後，原字被加上「虫」的意符而為新的形聲字，也就是蜂蠆的「蠆」字，有毒會螫人的，但今天也差不多不用了。

「改」，不懂這字的人請舉手，但誰知道它本來是個除害的勇敢舉動呢？在甲骨文時它呈 　　　，左邊的三角頭活物是禁得住生物學驗證的一條毒蛇，右邊則是有人手持棍棒做擊打之狀，這是早期之人家居生活「與蛇共舞」狀態下經常性得做的危險之事，不像今天通常只打電話給地方消防局的人來處理（奇怪，台灣各縣市消防局負責捕蛇吃蛇的例行業務究竟是怎麼建立起來的呢？）。

「舊」，難寫但仍是常用易懂之字，它原來的字形更漂亮，　　　，《說文》中許慎告訴我們就是一隻貓頭鷹，全世界擺設性、收藏性玩偶造型最常取用的生物，不管是木頭、塑膠、陶瓷或鑄鐵，想害別人，你一可勸他辦出版社（現在可能要改成網路相關行業），二可勸他收集貓頭鷹造型的玩偶，包準他破產。

當然，今天我們襲用代表貓頭鷹的「梟」字仍是個漂亮的字，是枝頭上神氣蹲踞著的一隻大鳥，儘管非常多數大小、顏色、性格各異

的鳥都有停立樹梢的習性，但造字的人仍準確記得，其中最具代表性的畫面仍是這隻看起來沉靜、若有所思、彷彿看穿一切如森林中第一智者的貓頭鷹。

不再造字的兩大主角

這就是轉注和假借的大致意思，以自然和強橫不一的應用來替代重新辛苦造字，以手中既有的有限文字，奮勇來表述更多生生不息的、可理解為無限繁衍的具體事物和抽象概念，因此，轉注和假借一刻也沒真的停止過，到我們談話的此時此刻都還隨時隨地發生，畢竟，新的事物和新的概念以及語言不斷發生，文字有義務得適時跟上，比方說，今天我們本來已經完全不用的「糗」字，被同音假借而如人子復活，用來表述人的尷尬出醜洋相，也用以表述動詞的揭短嘲諷攻訐之意，而它的原意本來是某種乾糧，行旅征戰帶身上的，原本並不多人曉得；至於「您真太遜了」的「遜」字，是不行、不稱頭、上不得枱盤乃至於年紀一到欲振乏力的現代貶辭，大致可理解為原來謙卑、坐小伏低之意的延伸翻轉（很多德行，在價值觀不同的異質社會中，可能豬羊變色為弱點，這已是常識，兩千多年前的《孫子兵法》已經揭示了這點）──因此，糗是假借字，遜是轉注字。

轉注和假借，早在大造字猶如火如荼那會兒便已正式啟動，卻在大造字很快（歷史時間刻度意義下的「很快」）告一段落的千年悠悠時光中更加勇猛奮進，聯手支撐起文字表述的全部重責大任來。我們想想看，尤其是這後來的千年時光，還是人類社會發展變動不斷加速、新事物新概念新名詞的產生也隨之不斷加速的時間，我們卻只零落斷續的產出完全不成比例的寥寥有數形聲字（且大體集中於化學元素表上，如鈽、鍅、氜、氥云云），其餘都得仰靠假借和轉注來支

應，由此可見轉注和假借有多重要，怎麼可以讓它們語焉不詳的附諸六書的驥尾而輕言視之呢？

李維—史陀的「修補匠」

做為表述材料的文字數目已不再增多，但新的工作要求不停冒出來，這種景況，讓我們想到李維—史陀聰明的「修補匠」譬喻。

李維—史陀所說的修補匠，指的大體上是稍早社會中那種背一口箱子或推輛車子挨家挨戶替人修補家具雜物的行腳工匠，他的工具加上使用的材料，就只那口箱子或那輛車子所能攜帶的那麼多而已，但他可能接獲的工作卻五花八門，完全看顧客的需求而定，床、桌椅、籬笆、窗戶云云——這種兜售的、行腳的修補匠，大約在台灣六○年代之前也有，遊走於彼時的小鄉小鎮之中，農村大概就不必了，一來因為家家相隔太遠不划算，二來農家的修護性工作大概都自己動手，當然，DIY 的修護實質方式和修補匠相去不遠。

修補匠怎麼工作？每當一件工作來臨，他總得先回頭檢視並挑選自己既有且僅有的這些參差不齊材料，他先往後看，再前瞻，修護的工作本質是「堪用」，而不是完美再現，「一塊特殊的立方形橡木可當作一個楔子來補足一塊不夠長度的松木板，它也可用作一個支座來襯托一件舊木器的紋理和光澤的美觀」。

李維—史陀說：「他（修補匠）的工具世界是封閉的，他的操作規則總是就手邊現有之物來進行的，這就是在每一有限時刻裡的一套參差不齊的工具和材料，因為這套東西所包含的內容與眼前的計畫無關，更與任何特殊的計畫都無關，它是以往出現的一切情況的偶然結果……換言之，用『修補匠』的語言說，因為諸零件是根據『它們終歸會有用』的原則被收集或保存的。這些零件都沒有太專門的性能，

對於並不需要一切行業的設備和知識的『修補匠』來說，是足以敷用的，但對每一種專用目的來說，零件卻是不齊全。」

這個「修補匠」概念及其論述，本來李維—史陀是用來談「野蠻人」的神話建構的，但——未來工作的不透明、不可預見，因此無法也無力事先備妥所有的準確材料。新工作來臨時的第一步，先回頭往後看，從有限的既有材料挑揀。手中材料是偶然的結果。修護工作堪用但不可能完美的本質宿命。這些毫無問題可一整塊移過來說明文字使用的處境。

象形、會意、指事、形聲，這些是我們箱子裡車子上所能裝下的全數有限材料，而轉注和假借就是我們的文字修補術，我們操持這個行當已達數千年之久，而且看起來還得一路行走吆喝叫賣下去，不會有了結轉業的一天。

有釘痕的文字

如此的有限文字和無限指稱對象的全然不均衡狀態，逼使文字得不斷的重複使用，不斷通過轉注延伸到相鄰的意義，不斷通過假借跳躍到遙遠不相干的事物，這使得文字無法純淨的守護住最初的單一意思，而是內在意義的不斷堆疊和外在意義的無休止試探，文字逐高度的歧義，高度的不穩定，同時存在著固態的黏著、液態的漫漶和氣態的擴散，這也是我們對文字又愛又恨、總煩惱並驚奇於無法精準掌握住它的一大部分原因。

至於愛恨的比例還是有差別的，其中幸與不幸我猜多少和行業有關吧。如果你是講究精確、透明、努力尋求乾乾淨淨表述文字的人諸如科學工作者或法令研究者，那文字這種閃動不居的不穩定本質大概會讓你恨來牙癢癢的（當然，律師這個不討人喜歡的行業可能好些，

這種文字歧義不穩定所拓開的操作空間，增加他們甚多爲自己尋求更美好生活的可能），像愛因斯坦爲代表的絕大部分物理學者便是這樣，他們心目中最完美的表述形式便是 $E = mc^2$ 這樣的東西，宇宙的廣漠深沉奧秘，就這麼明朗乾爽、毫不拖泥帶水的好好裝進到才三個字母、一個等號加一個數字符號的方程式中。愛因斯坦本人尤其嚮往這樣的世界，他稱之爲「大理石紋理的世界」，平坦光滑，一是一二是二，如《聖經·創世紀》裡上帝說要有光就有光。

相對於這個光與暗分開的好世界，愛因斯坦受不了的便是那種漫渙的、偶然的、隨機的、意義崎嶇起伏的煩人眞實世界，愛因斯坦稱之爲「木頭紋理的世界」。

然而，文字的世界，修補匠人所居並執業所在之地，基本上便是木頭紋理的世界。

修補匠所挑選的堪用材料，旣然都是已經使用過的（如人類學者鮑亞士所說的，「好像神話世界被建立起來，只是爲了再被拆毀，以便從碎片之中建立起新世界來。」）這拆下來重新使用的木頭上面自然會留存著舊有的釘痕、溝槽和其特殊弧度，不可能徹底的加以刨光去除。快被這種符號的意義堆疊及漫射逼瘋掉的羅蘭·巴特曾做過如此英勇但腦袋稍嫌不足的嘗試，意圖找尋某種純淨的、「不受汙染」的書寫材料，但我們從頭到尾曉得，修補匠的箱子裡並不存在這樣子的東西。

相較於氣急敗壞，放眼四望世界圖像已變得恐怖無比的羅蘭·巴特（巴特說：「我站在那兒，面對著大海；當然，大海本身並不負載任何訊息，沙灘上呢，卻是存在著那麼多的記號學材料！旗幟、標語、廣告牌、衣服，甚至日晒赤褐的皮膚，對我來說都是訊息。」）兩眼無法視物、但心思清明的波赫士就講得非常好，他說並沒有完美字典的存在，人間絕不曾也不可能有這麼一部收有一切所需文字的超

級大字典，以一對一對應著我們現實世界的一切可能事物，但凡我們的情感，我們所不斷翻新的概念和造物，以及我們一閃而逝的心思念頭，都很方便能在這本字典之中查到並快快樂樂表述出來——不，沒這等好事，如果一定要說有這樣子一部字典存在，它也只可能存留在渴望表述，渴望把新發見更完整、更精確告訴他人的熱忱人心之中，但它永遠不可能編纂修訂完成，因為它在現實世界所能搜集到手並保有的總只是數量有限的文字。

滿滿是煩人釘痕、溝槽、以及原有弧度形狀的老文字，換個職業換個心思看，不一定是全然的壞事一樁，這些「帶槍投靠」的文字成為一種已知，賦予了某種特別的對話開啓可能以及啓示，我記得清末民初的金石書畫奇人齊白石愈到晚年愈不挑揀篆刻的石頭，甚至以使用劣石為樂，石頭中飽含的雜質沙粒在下刀時自然崩落，形成某種不待技藝操控或甚至說根本不是技藝操控所及的天成蝕刻美學效果，通過這些在自然時間中總容易因風因雨因冷熱脹縮因流光沖刷而整塊掉落的雜質沙粒，金石家的雕刀於是有機會幻化成大自然通過億萬年歲雕蝕天地山川的神工鬼斧，這是一種時間的召喚和時間的凝結，一種時間的奇異招魂術，或就是卡爾維諾的用語，「一種時間操弄的魔法」。

也就是說，這老文字上的每一處釘痕、每一條溝槽、每一分弧度，都記憶了這老文字的悠悠不滅經歷，它可能陪過屈原尋訪找最終的答案而形容枯槁但沾一身香氣，也可能坐過莊子翼若垂天之雲大鵬之背扶搖直上九天，和司馬遷並肩看過並嗟歎繁華落盡江山無常，和曹操一起橫過槊，和李白一起醉過酒，和杜甫一道挨過颱風漏雨的漫漫長夜和飢腸轆轆，或甚至被剛強正直的顏眞卿或柔美如蘭花葉片的趙孟頫給或淋漓或端正書於白紙之上……。這些記憶彼此拉扯跳躍，自動形成一種意義的光暈，在你今天奮力尋求精確的核心意義同時，

老文字如管仲口中的老馬一樣自己找到出路，或如傑克‧倫敦筆下的大狼一樣召喚聲息相通的同類——這個不待你發動的效應，是文字使用中「看不見的手」，如亞當‧史密斯在經濟世界中精妙絕倫的發見，老文字，一樣有類似的動人效應。

　　每個文字，本身就是一個意義的「群」，一個蓄積典故穿梭時空的機器，這是在它不斷的重複使用之中，尤其是不斷通過轉注的延展和假借的跳躍所得著的、所自然生長出來的，這帶來了更豐腴更多面向層次的隱喻力量，而你通常要做的，只是選中對的文字，其他更多的事它會自己完成，讓你比方說寫成一葉，自然秋意滿林薄。

　　我們這就來看看這個「葉」字吧。我刻意的查了一下，驚然發現甲骨文並沒留下這個字（但我仍直覺的相信，這字必定早早已被造出來），但在金文的時代，字形仍保留得很鮮活，想像得出原初之模樣：　，或者，　，不是表現葉脈為視覺焦點的單片葉子，而是一整株枝椏舒展開來的大樹，頂端那兒生長著接收陽光熱能行光合作用、以供應這棵樹生長所需營養的葉片。

　　《辭源》裡，葉字的最主要解釋當然就是這個，稱之為「植物的營養器官之一」（我們再熟悉不過的事物，一經這樣正經八百的解釋，總很陌生很滑稽，這是一種倒過來的、以未知來說明已知的有趣解釋方式），除此而外，葉還是「花瓣」，是「書冊中的一頁」，是「時期」（如大唐中葉），是「輕小之物」（如蘇軾的「駕一葉之扁舟，舉匏尊以相屬。」或如小說家張大春在京都旅途中送我的一首七言絕句的末兩句：「買得小舟輕如葉，半容人坐半容花。」）；還有，葉破音為「葉」，是春秋時楚國的大邑，以及姓氏。

　　從這些漫射伸延的意義，這個字導引我們走去的，便不僅僅是秋天而已，我們還會想到時間和歷史的記錄書寫，想到小舟任江湖的無羈自由，一種回到本源的亙古鄉愁，以及某種化做春泥更護花的大自

然柔婉生死循環。宋代趙蕃的白髮詩有這麼兩句：「葉落歸根莫謾悲，春風解發次年枝。」詩雖然很不怎樣，但差不多就是這個意思。

6. 找尋甲骨文裡的第一枚時鐘

我們腕上的手錶或牆上的鐘，三百六十度的完整圓盤分割成十二等分，是設計師顯身手的地方，典雅點用羅馬數字，現代點用單純的光點，至於那些削凱子的，尤其是賣給兄弟或收規費警察的，則鑲上鑽石好表示身分，但最原先還是阿拉伯數字的1到12。

我們說過，甲骨文中的會意字是我個人所知人類最美麗的文字符號，比起古埃及尚未拼音化之前的漂亮象形字，還多了面對抽象性事物和概念的某種知性之美，某種富想像力的驚異，我於是想做一件瘋狂的事——我有沒有機會找出甲骨文中丈量時間的會意字，最好有十二個，來完成一具商代的甲骨鐘呢？

先說結果，這個嘗試顯然是失敗的，除了人力不可抗拒的文字湮滅流失之難題而外，其實失敗得非常有道理，不是說彼時的人沒時間感，不需要丈量時間來規劃自己的作息，而是說時間的丈量方式，最初（最初是指體系性建構的天文學到來之前）總是素樸的隨生活的實際律動，因此，我們一天分割成兩次十二小時，一小時六十分，一分六十秒的方式，不見得是他們需要的。

天不從人願，我還是覺得非常可惜，原來還以為會找出鐘錶史上最美麗的符號及設計，甚至申請專利，賣給亞美茄、浪琴這些大公司賺一大筆錢。

上頭那一排字，頭尾的「旦」、「莫」（暮）二字我們已看過了，問號懸空的部分先擱著，於是，我們還不知道的便只剩兩個，其中 是「戾」字，我們今天已不常見它了，但甲骨文時我們看其

長相卻意思非常清楚，它是太陽開始偏西，把人影給斜照拉長的樣
子；至於 $\ \ \ \ $ 則是「昏」字，太陽和人的相對位置就更低了，已降
至人腳下，它們要傳達給我們的訊息，「明明白白寫在臉上」，就是
圖畫中的樣子——對很長一段時間的人類而言，只要好天氣，這是人
們每天都會經歷、一看就懂的景象，像我個人，馬上就想起小學放學
後背著大書包踩自己長長的影子走回家那副情景，而且這才第一次想
到，如此想起來，原來我念了六年的宜蘭力行國小在我家的偏西邊。

　　這些字都有會意字的真實太陽符號存在（不同於形聲字的日符往
往只是概念），而且都以具象的圖畫堅定的表述時間，這樣來看，這
些字就更漂亮了。

最先看到太陽

　　日出而作，日入而息，在我們尚未開發出大量的太陽替代用品
（鐘錶、暖爐暖氣、熱水器、烘乾機……云云）之前，太陽和人的關
係親密多了，也好太多了，不像今天，儘管理知上我們更心知肚明太
陽對我們的重要性，包括人類幾乎一切熱能的來源不管取自石油、電
力、葷素食物等等，其實都直接來自太陽或間接由太陽長期儲存在地
球的某物某個角落裡，但不想那麼多時，太陽愈來愈變成個討厭的東
西，它（你看，我們已習慣用一點尊敬意味也沒有的「它」來代稱）
會曬得你很熱，會令你變黑得花很多錢很多時間美白回來，還用聽說
會致癌的紫外線不留情掃射你。

　　但曾經，它是大電力公司、大食物供應商、大家電業者的眾多生
活資源提供人，它還扮演偉大的智者哲人，啟動人的思維，或乾脆就
是個神，光明、智慧和創造不息的神。

　　讓我們假設自己是彼時的初民，我們睜開雙眼，我們看到的會是

什麼呢？

我想，大概用不著太費神找信而有徵的證據證明，對早期的人類而言，太陽不僅非常非常重要，而且一定是排行在前，率先被人們察覺、思索乃至於開始敬畏起來（是卡爾維諾還是本雅明所說的？人埋在同一事物裡想久了，總會出現神秘主義的傾向）的巨大存在──它高懸頭頂，又亮又熱，而且每天跟你相處，恆定得很；偏偏它又不稍停歇的動著，而且不像雲朵那樣暴亂隨興，非常規律有耐心，一定有著某種不撓的意志和目的，而且它還每天躲起來一半的時間，不曉得哪裡去了，而它不在時不僅我們行動為之癱瘓，而且天地漆黑，世界變得多麼可怖；然後人們想必也很快察覺出來，它好像和我們的生存（包括我們賴以生存的動植物之存活）有著愈想愈嚴重的牽聯；我們可以用火去想像附會它，但為什麼它卻又不像我們的火那樣不成形體形狀而且短暫？它憑什麼永不熄滅？哪天真熄滅了會出什麼事？⋯⋯

舉目可及，卻深邃難言；光朗明白，卻又神秘異常，絕對是人開始想東想西的絕好材料，這裡，族繁真的難以備載，我們建議大家可去考察每一個初民部落的宗教信仰，應該是全無例外才對，太陽在每一個地方都是神，而且就算不是統治一切的主神（如埃及如日本），人氣排名也摔不出三名之外（如希臘的阿波羅）。

這裡，我們暫時只取它天行健自強不息這部分特質。太陽恆定、規律、可察覺的移動方式，讓人可據此安排生活作息，這也順理成章讓它因此成為人類的第一枚時鐘。

失敗之道

我們知道，時間不是具象可見之物，甚至不知道該說它是否真的存在，它毋寧更接近我們對於事物變化的速度和頻率的某種知覺，必

須整理出一組穩定可丈量的秩序，它才從變動不居的萬事萬物中顯像出來，像阿拉丁故事裡禁錮於神燈中的巨人精靈一般，馴服爲我們所用。

但在眼前萬事萬物包括自己的器官身體毛髮，各自以或彰或隱、或穩定或暴烈的不同頻率不同速度奔赴向前的眾聲喧嘩之中，彼時只仰仗肉眼辨識的人們，當然不可能也沒必要一下子就找出諸如石英振動頻率之類的來做爲時間整理的依據，太陽會是其中最方便看出變化及穩定節奏的第一選擇，其次則是同樣穩定變化且滔滔不息的流水。但太陽很明顯比流水多了兩大優勢，一是它的變化方便丈量，比方說我們可通過它和人相對位置變化乃至於日影長短來測得；另一則是它同時扮演天地照明之燈的特質，使它的變化和人的素樸日常作息同步，不像「逝者如斯不舍晝夜」、「你不可能伸腳入同一條河水兩次」的悠悠流水，雖說流水的基本造型毋寧更接近我們對時間的形態感受，但流水召喚起來的是另一種哲學的、生命本體的時間感，而不是可丈量，讓人在家居生活工作中一回頭就知道今夕何夕的時間刻度。

然而如此說來，我們找尋甲骨文時鐘的英勇行動也就未免太傷感情了點，圖像殘缺不成規律不說，尤其從日出東方的「旦」一口氣就跳到日影已然偏斜的午後，光陰白駒過隙，這隙縫也未免太窘窘了一點不是。

因此，我們才主觀武斷的在其中加入兩個問號，把位置先給保留了下來。我猜，很多人的第一感想可能跟我一樣，想到「旦」字後頭應該填入個「晨」字，不是又有日符、時間的標示又正正好對嗎？——不，很令人懊惱的是，甲骨文中的確有「晨」，但問題它長成這個樣子，，上方是雙手的符號，下頭的 （即辰字）則是蚌殼類動物，大概意思是很朱子家訓式的要你手持蚌刀（初民的

簡陋耕具），一大清早就下田耕作之類的來代表清晨時光，因此，這
裡頭完全沒移動投影的太陽，那是雙手萬能的符號在文字變化長路之
中錯誤轉變而成的（這在文字史上極常見）。

懊惱可以，但慚愧則大可不必，因為就連千年以來被中國人視為
文字學不動教科書《說文解字》的原作者許慎都一樣在同時間同地點
栽了跟頭。許慎找了個篆字， 　，並洋洋訓以高懸人頭頂的解
釋，完全不管指稱的時間根本不對。純就字形來說，許慎這個字，一
副天地之大只剩一日一人當頭對決的燠熱景象，如果甲骨文能有這個
字那就更好了，我們可以直接拿來塞入預留給正午的那個空缺之中，
並由此推斷它就是「午」字原形。

某種意義而言，許慎的諸多錯誤是值得同情的，最致命之處在於
他沒見過甲骨文，所能依據的文字是稍後的篆字，而篆字線條的獨立
美學化，很多字已和原初的實相有了相當程度的脫離，往往倒過頭來
成為解釋的陷阱，這提醒我們在參考《說文解字》時非得審慎小心不
可。

《說文解字》最具代表性的錯誤是「武」字，這是許慎直接襲自
《左傳》的被騙實例，相傳春秋時南方楚地如日昇般崛起的年輕雄主
楚莊王曾根據此字做過一場辭義兼美的洋洋灑灑演繹，以為「武」字
正是由殺人的「戈」和高貴的心理克制「止」所合成，從而相信
「武」的真正精髓是「禁暴」、「戢兵」、「保大」、「定功」、
「安民」（《聯合文學》不動總編輯的名諱？）、「和眾」、「豐
財」云云，一句話，也就是「武」的最高境界就是「不武」這類如今
大家都會的文字禪理，許慎照單全收如此解釋，這就是「止戈為武」
之所由來。

但你若看到甲骨文的「武」字就當下破案了， 　，上頭是
「戈」沒錯，「止」字一如我們已經知道的，是個腳印，代表「步

伐」、「移動」，因此，這字可能是某種軍事性舞蹈，也就是相當普世性且不乏一路承傳至今那種兼含了祭神、祈福、誇兵、記功和實際操兵演練的所謂戰舞，如唐太宗李世民的〈秦王破陣樂〉，如陝北一帶豪放淋漓的腰鼓舞，或如喜歡英式橄欖球的球迷都曉得且巴巴等著看的，當今全球首強紐西蘭全黑隊上陣前，總儀式性的跳一段戰舞鼓舞士氣並威嚇敵手（通常是南非羚羊隊或澳洲袋鼠軍），這是他們學自土著毛利人的傳統戰舞。

也就是說，這個沒那麼哲學沉思意味反倒手舞之足蹈之的「武」字，毋寧更傾向於聲音相繫的「舞」字，差別只在於道具不相同，甲骨文的舞字原是 ，是舞者雙手持著飾有流蘇一類的鞭狀之物，這就是今天已被假借而去的「無」字，因此才又加上舞步圖解說明的腳印符號以示區分，而成為「舞」。

武字的另一可能解釋沒這麼鑼鼓喧天，而是小心戒備（戒，兩手持戈 狀）的「行軍」或「巡邏」之意，這我們可從它另一個添加了道路符號的甲骨造型看出來，。

當許慎和後來千年以降的中國人只能用篆字危哉險哉解釋文字同時，這些一翻兩瞪眼的甲骨文在哪裡呢？答案有兩處，一是還活生生埋在地底深處，另一是硬生生被另外一些中國人吃進肚子裡——極長一段時日，甲骨文的唯一功能據說是有效的刀創藥，磨成粉來用的，這既不誇張也不稀罕，很多考古學的重要物證都曾有類似的貢獻，像揚子鱷或恐龍化石的所謂「龍骨」也曾經是鄉間醫生的好藥材，大概有補充鈣質防止骨質疏鬆的效果。一直要遲至一八九九年，金石學家王懿榮生病，不意在他的藥材中發現刻有文字的殘骨，憑他的職業敏感驚覺到事情不對，甲骨文才由醫學院轉學到文學院。

回過頭來。

代表正中午，日頭當空沒有投影的「午」字，甲骨文簡單畫成

　　┃ 或 ┃ ，學者解釋這是立杆之象，由此轉爲日正當中之意，但一來意義轉折曖昧，再來沒有我們鐘錶設計所需要的具象美學效果，礙難考慮。

　　其實我個人最想放進來的卻是完全不相干的字， ，也就是「眾」字，這個字本來是不需要有太陽的，因爲兩人爲「從」三人爲「眾」（但兩人若呈 狀則是變化的「化」字，一個最李棠華特技團的字），純粹就意義的功能表達已經完足了，事實上，就夜間不好活動的商代社會來說，這不用說也一定發生在白天，否則它就可能會被誤解爲另一個恐怖嚇人的意思，因爲太像已故港星、專演抓鬼道士「九叔」林正英電影裡那種夜間趕路的兩手平伸「跳動」畫面了。

　　誰爲「眾」字畫蛇添足的加了一個大日頭於頂上呢？這人一定是個藝術家，日頭沒功能意義，卻爲這個抽象的表述帶來可感的溫度和色澤，讓三人爲眾有了一派熱鬧熙攘乃至於揮汗懊熱的蒸騰氣象，如同春秋時晏嬰出使楚國時歷歷如繪的齊都臨淄城市街景象（臨淄城的遺址早已挖掘出來了，其規模大小和配備果然和晏子所誇稱的相去不遠）。

　　陶罐上最耗心力時間那些美麗花紋有什麼用呢？青銅器上最困難最容易因此鑄造失敗那些裝飾配件又有什麼用處？這是藝術工作者的勝利，卻也是藝術工作者的亙古脆弱和悲哀，它們都這麼華麗而且重要，好像沒這些，器皿本身也就不成立了，但同時卻又完全沒用完全不相干，我們若像個威權者以民粹反智的方式來窮問到底的話，是的， 就夠了，那個漂亮的頭頂太陽總是可省略的。

　　此外，還有一個字也不錯， ，圖像中是個人和他的倒影，但這字今天意思也借跑掉了，這是「乘」字。

誰需要什麼樣的時間刻度？

懸空的字依然懸空在那裡，我們一開頭就講過，這可能是技術問題，我們想望的那幾個字仍等在地底或絕望消化在某人肚子裡；更可能是本質問題，商代的初民並不打算完整的造出這枚鐘錶，他們並不真需要如此綿密有秩序的時間刻度。

需不需要，直接和彼時的生活作息節奏有關，而這個所謂的生活作息節奏，我們又可以從所從事的工作（不見得只是純經濟性的勞動）的不同窺見出端倪來，比方說，物理學者如今所需的時間刻度可能是最精微的，分子原子乃至於眾多更小粒子的反應、觀測和控制時間動不動得用到百萬分之秒一類的；田徑或球類選手計較小數點以下兩位左右的秒數，計程車司機的神經和馬錶二到四分鐘（地區有別）抽動一次；學校老師和學生以小時為基本分割；上班族一般麻痺成半天型的早中下午；罪犯、凶手、律師和法官以月起跳，然後一年三年七年十年十五年二十年乃至無期徒刑的一整個人生為計算單位和範疇；宗教的神父牧師法師僧侶智者傾向用一次一次人生來思考和清算（但他們要求的捐款單位愈來愈傾向以「億」為單位）；考古學者幾十幾百萬年；地質學者上億；最長時間刻度的使用者繞一大圈又轉回物理學者，搞天文物理的學者，他們是 Million、Billion 的所謂「億萬又億萬」（著名科學作家卡爾·沙根著作中文譯名，好書），不如此無法窺探宇宙的生成和末日；至於詩人不在此內，他們只是時間的迷失者，他們不太懂怎麼使用刻度丈量時間，只籠統的反覆使用諸如「亙古」、「永恆」之類的無能泛稱，把時間再次還回給流變不息的萬物。

彼時猶在造字的人們通常從事些什麼？

採集。（采，，用手採摘植物的可食可用果實和根莖）

漁獵。（漁，　　，以釣竿釣魚）

畜牧。（牧，　　，持杖放牧牛羊）

農耕。（農，　　，在林邊林中隙地，以原始蚌刀開闢整理耕地）

我們得說，這些都是艱辛的事耗時的事勞動成果菲薄乃至可疑難以控制的事，但都不是忙碌不可開交，乃至於需要搶時間分秒的事。

我自己三十年以前在宜蘭縣五結鄉孝威村過過農村的生活知道，農人是辛苦（尤其是種稻的水田除草），但辛苦並不等於忙碌，事實上，種田的生活節奏，係根據植物的生長速度和變化來安排，急不得更不能揠苗助長，因此，你需要的更多毋寧是耐心和等待。

一般而言，所謂的農忙就集中在一季稻中的兩三次三到五天時間，特別是從草綠如地毯的秧田把密密長起來的稻秧移到正式的水田去，這就是插秧，不能拖的，否則會彼此妨礙生長；然後是收成時動員全體甚至得雇人一天五餐飯的搶割，否則雨水一來就有發芽不可食的麻煩。

其餘的漫漫時日，你就只能摸摸弄弄，養養雞鴨和豬，打打小孩，憂心雨水並看著太陽不疾不徐的移動，太陽下山後，那更是什麼事也都沒得做，要不就坐穀場講講鬼故事或村裡其他人家長短（農村生活很難有隱私），要不早早上床睡覺了事──農家一般的確是黎明即起沒錯，但人若晚上七八點就睡，第二天四五點起床，怎麼扳手指頭算都還是足足八小時只多不少。

說來台灣還是種兩季稻的地方，不像華北基本上一年一收，而且水田生長的所謂水稻又遠比旱地的麥子高粱要費事折騰人，此外，台灣的冬天日頭較長又不冰不霜，不像偏北四季就是四季的大陸型氣候，草木說停止生長就停止生長，冰雪漫天蓋地，你只有好生等待來

春雷響叫醒萬物復生。

這樣的生活方式基本上是用不著精密時間刻度的，就像我孝威村外婆家只一枚老鐘毋寧「跟上時代」的誇耀成分遠大於實用，很難算清說清你的工作時數究竟多少，事實上，除了睡覺，就連工作和休閒都不好分割，比方說和我表哥到堤防外蘭陽濁水溪釣魚摸蝦一下午究竟是遊手好閒還是輔助性勞動以增加晚餐桌上菜餚？人就是這樣浸泡在不分割的時間中，在不分割的勞動和休閒之中，這裡，有充分的餘裕生養出故事、傳說、歌謠和各式手工技藝來，如本雅明所說人類說故事傳統技藝的兩大根源之一（另一是伴隨行商從天涯地角捎回的商品而來）。

畜牧的故事

如果說，農耕的勞動節奏根據的是植物的生長速度和變化，那畜牧的勞動節奏顯然根據的是動物的生長速度和變化──那更是不需要急，也急不來的。

甲骨文的時代，人們養些什麼呢？牛和羊是最溫馴的，採取放牧，因此牧的字形又做　　　，趕的換成羊；又做　　　或　　　，加上道路符號以標示公共空間，讓牠們吃野生的青草，等天黑再收工回家拴好，圖像於是變成了　　　或　　　，這兩個字都是「牢」。

馬的野性強，　　　，長臉，聰明的大眼睛加獵獵飛揚的鬃毛，始終介於馴服和不馴服之間，不是尋常人家所能操控管理的，屬於專門專職性的特殊畜養和訓練，不納入彼時自然經濟體制的家常畜牧之中，毋寧更傾向歸屬於和國家部族有關的軍事工業，這樣的情況延長相當久遠一段時日，秦漢隋唐的一路貫穿下來，因此，中國古來對危險事物的描述，經常取用馭馬的類比，而善於養馬馭馬的人或氏族如

造父，也就成爲有特殊歷史地位和聲名的重要人士和氏族。

甲骨文中養馬的字是 ，這個字獨立成爲「廄」，而不一般性的併爲「牢」，顯然是清楚意識到豢養的人事時地和牛羊有本質上的差異，這是非常有意思的記錄。

比較一波三折的是豬， （豕，原來的豬字），這原來是勇猛狂暴的動物，像台灣和日本小島之上，野豬都是初民敬畏的對象，日本的戰國武士甚至「立志做一隻豬」頭盔甲冑都要取野豬爲象徵，當然不是自謙好吃懶做肥胖骯髒，而是如宮崎駿動畫《魔法公主》裡那種不畏死的戰鬥精神。因此，豬的相關甲骨文顯示它最早是狩獵的對象，像今天的「彘」字，楷書字形中還忠實保留了「矢」字，致死的彈頭還好好保留在屍體之中，原來摹寫成 ，一箭貫穿豬體，這字我們本島的老原住民大概一看就懂，並油然憶起往日時光，會掉眼淚的。

豬的馴養，關鍵可能就在這個有趣的甲骨字， ，這是「豭」字，這是一隻橫遭去勢的太監之豬，生殖器和本體已然分割完成，不再發情，沒力比多支撐的勇悍鬥士遂像洩了氣的氣球般，變成——呃，變成跟豬一樣。

這個大自然界最佛洛伊德的動物，從此就成了家居型生物，不抵抗，自暴自棄的猛吃發胖， ，家，我們最溫暖的地方，離鄉遊子懷念落淚的對象，豬於是快快樂樂的在此落地生根下來。

至於犬， ，是忠心耿耿且自己懂得打理自己的動物，據動物學者的研究（如勞倫茲博士的《當人遇見狗》），和人的結交相處時間最長，生活融入最深，雖說偶爾也得犧牲供應肉食，但基本上它是朋友、雇工和經濟性生財工具，可幫忙畜牧和田獵，因此，甲骨文中的「獸」字是 ，還不是概念性的四足動物通稱，而是狩獵工具展示圖，包括一枚田網和一頭好獵犬，由此會意出狩獵之意。（

　　 字另一個解釋很有趣，　丫　是人類最早取用的丫型樹杈武器，然後在樹杈兩端綁上鋒利的石片以增加殺傷力，則成爲　丫　，這還不夠，後來又在柄身捆上石塊，以爲捶擊之用，才成爲　單　。）

　　還有美麗的鹿，　鹿　，還優游在野地田間，會成群來偷吃莊稼，尤其在時局不好、田圃乏人管理的逃難時刻，這就是「麋鹿生於郊」的亂世圖像。然而，鹿是初民恨之牙癢癢的動物，卻也是遠遠看去最美麗的動物，尤其是那對大叉角，因此，「麗」字的甲骨文以鹿爲模特兒，　麗　，強調的便是這對得天獨厚的大鹿角。

　　我們總結一下：鹿在田野，想照料不可得；狗是玩伴兼工作同仁，不用照料；馬是特殊對象，一般照應不起；牛羊馴服，管理容易，如《說苑》書中楊朱所言，三尺童子一竿在手，上百牛羊要東往東要西往西，毫無困難；只有豬比較費事，因爲太好吃了，還好牠並不挑食。

狩獵的故事

　　狩獵和採集一般配合著進行，只因爲不如此很難單獨養活人，如我們前面引述李維一史陀《憂鬱的熱帶》書中印第安人男打獵女採集的悲傷畫面。

　　大自然之中，如果你偶爾也看 Discovery 或國家地理雜誌頻道有關非洲獅群和獵豹的獵食求生影片都知道，這些肉食性的獵者並不像上天賦予牠們尖牙利爪和一身強力肌肉那麼神氣那麼吃香喝辣，相反的，牠們幾乎是長期性的處於飢餓之中，好不容易打到一隻倒楣或身體有病有傷的羚羊暴吃一頓，但由於沒冰箱沒處理肉類長期保存的技術，只好把吃剩的殘骸交由土狼、禿鷹、蒼蠅以及微生物料理（其

中，只有美洲獅會將剩下的肉埋到土裡，改天再來吃），之後，便又是長達數日的挨餓期。

我們也會注意到，這類的大貓型掠食動物，幾乎都是暴衝式的短跑健將（獵豹是地球史上陸跑速度的紀錄保持者），但都不具備長跑的耐力，這是因為獵食行為的需要，不管是集團性的獅子或單幹戶的獵豹，牠們獵食時需要的是耐心、冷靜和等待，緩緩的接近獵物，只有在短暫追捕那片刻時間，才爆發力十足的衝刺開來。

無怪乎，這些大自然最強悍的獵手，看起來總是懶洋洋的，從沒忙碌的樣子，老實說，也沒什麼好忙碌的——一種優閒又挨餓的合成影像。

人在自然界中，做為一個獵食者，他的位階本來不高，但隨著獵食工具的發明和不斷改良，他急劇的上升到再無物可威脅的高處，從甲骨文中，我們大致可看出並相信，彼時的人們已經有能力對付並制伏任何強大的獸類了。我們先來看兩個其實和狩獵無關的字：

首先是「戲」字，今天，我們大體上劃歸小兒領域的戲字，其實最原初記錄的是一樣危險刺激的死亡遊戲：〔圖〕，其中，那頭身上有斑斕花紋又張血盆大口的 〔圖〕，就是華北的獸王老「虎」，老虎所面對的則是做為武器的「戈」，人持戈在圍場內鬥虎為戲，商代人所玩的正是日後羅馬人在競技場迫害早期基督徒的遊戲（老虎換成獅子）；還有更狠的，〔圖〕，看出來是徒手搏虎，這個字是「虢」，後來只留在氏族名號之中，一方面大概如此暴虎馮河之事沒人做了，另一方面大概也彰明這個氏族曾有祖先能徒手搏虎，比喝醉酒被迫上陣的大宋打虎英雄行者武松早了兩千年。

有關狩獵工具，我們已看過用釣竿釣魚，還有田網和獵犬，還有什麼呢？

魚類當然還能撒網一傢伙打盡，「漁」字的另一造型正是這樣，

。

　　獸類基本上如射野豬所顯示的，投擲器是弓，　　　，彈藥有兩種，一是「矢」，　　　，另一則是「彈」，　　　。此外，設陷也是一法，「阱」字的甲骨文是　　　，畫一隻大眼大角的鹿掉落陷阱的悲慘（或歡樂，端看你站那邊）圖像。

　　鳥類的捕捉方式，甲骨文可就詳細了，最原始用徒手來抓，　　　，這是「隻」，獲字的原形，轉注成計算單位；也可以用繫了繩索方便回收的箭矢來射，　　　；用網也行，　　　，畫一個張手向著鳥兒撒網的獵人；還有一個大概是類似屏東恆春那兒抓黑嘴伯勞烤了賣的「鳥仔踏」死亡陷阱，圖形是　　　——用箭、用網和用鳥仔踏這三個捕鳥的字，我們不曉得怎麼念，也找不到由此演繹出來的字（也有可能「抓法有異，結果相同」的全併入到「隻」字裡頭），但意思我們卻是完全明白的。

　　只是，打遍天下無敵手只代表鳥獸蟲魚怕你，並不就代表你能有效率且大量的捕獲，事實上，爬上獵食鏈最高階的人們，並未能掙脫類似獅子獵豹的食物供應不穩定處境，並更受到季節、天候、地形等等不可控制自然因素的影響，因此，我們所說「兩天捕魚三天晒網」的笑人懶惰、缺乏恆心毅力的俗諺，其實更接近獵人生活的無偏見描述。

　　打獵，的確有某種武勇的、落拓的、自由不羈的境界非常誘人，但境界要靠時時餓肚皮來支撐想想還是挺不智的（你在比方說契訶夫小說中看過哪個獵戶是過好生活不狼狽的，或應該講，就只有那些衣食無憂的王公貴族地主富豪才打得起獵），也因此，這種生活方式要由畜牧和農耕來替代——這代表人們對更穩定食物供應的尋求，也代表人們走向一種更忙碌的生活方式，或說更有事可忙並樂於有事可忙的生活方式。

什麼樣的有閒與創造

後來的共產黨普遍相信，人的發明創造起自於勞動，某種集體協力的、聲歌相和的又悲苦又歡樂忙碌勞動（如拉縴），這當然是窄化到直接可稱之為錯誤的講法，這上頭，他們的永恆導師卡爾‧馬克思比他們睿智，也遠比他們勇敢正直，馬克思以為發明創造的真正根源是閒暇，而不是無厘頭的把所有最光榮但不能當飯吃的桂冠全堆到勞苦大眾頭上。

但馬克思的「有閒創造說」大體上的參考架構是古希臘式的，如伯奈特以奧林匹克運動會（希臘當時的，不是今天全世界四年一次這種）為喻所說的：「最低等是場邊販賣的小販，中等的是場中競技的運動員，最高等的是閒坐觀賞、無所事事的人。」──馬克思以為，在生產力猶低落的古時，是社會廣大底層的人負擔了社會整體的生計（當然不是自願的，沒什麼人那麼笨），從而有機會讓一小部分人的時間心力解放出來，可以優閒的看星空，研究鳥獸蟲魚和芸芸眾生的不急之事，就像彼時的雅典，勞動之事主要丟給受苦的廣大外族奴隸，於是像泰利斯這樣四體不勤的人便可以整天抬頭對著天空冥思，還不小心一腳踩入井裡頭，被一旁來自色雷斯的女傭所竊笑。

但如此的希臘模式還是簡易了些，更不見得能線性回溯到更從前，回溯到新石器時代人類更全面更輝煌的發明創造時日。

真正讓人類忙起來的關鍵，極可能是很後來交換經濟社會的產生和確立，勞動的成果可化為商品形式出去，並轉變成貨幣不朽不壞（不是真的不朽不壞，如《聖經》所言的「盜賊偷竊、蛾子朽壞」，或如經濟學家的通貨膨脹分析）儲存下來，這樣，勞動本身遂不再受限於生產的生物性滿足，可多多益善，幾乎是永無止境的進行下去，

有止境的反倒是人肉體和精神的承受極限，這就是忙碌，「事情沒做完一天」的忙碌。

人的忙碌，尤其在工業革命後機器決定勞動節奏的時刻正式到達巔峰，人可以悲慘的一天工作達十八小時甚至以上，馬克思和一干可敬的社會主義前輩所立身、所親眼目睹的便是這樣的社會，他們由如此的駭人景象察覺出很多歷史真相，但當然也受限於如此強烈的真實經驗，多少對於更古更落後生產力更低下的人類社會有著線性回溯的錯誤印象（古代的奴隸，如此推論下來，可能一天得工作三十小時以上？）。

大造字時代大體上仍活於自然經濟底下的人們，他們的悲苦不來自忙碌，相反的，他們的悲苦往往還是因為無事可忙，因為他們的勞動生產受著太多無力克服的自然因素所層層限制（如天光、氣候、季節、植物動物生長條件和速度、地形地物云云），就像契訶夫到俄國流放苦役犯的庫頁島考察的《薩哈林旅行記》中所描述的，當地嚴寒的天候和貧脊的土壤令人們無計可施，往往只能仰靠俄國政府餓不死飽不了的口糧苟活，他們在生存線上下掙扎，但絕望的是，他們同時完全無事可做。

也就是說，閒暇並不總和富裕、衣食無慮共生，它也和飢餓窮困共生，梵谷如此，本雅明如此，馬克思本人更是如此，我想，大造字時代那些偉大的無名發明者大概多少都如此。

全新錶面

至此，我們也有我們無事可做的絕望——甲骨文的時代沒我們想望的那枚鐘，他們不需要如此神經質時時提醒自己時光流逝不等人，如《愛麗絲夢遊仙境》中那隻時時看錶、總怕趕不上什麼的兔子，沒

什麼事不能等明天再做，包括吃飯。

山不轉我們人就識時務直接轉了，這裡，我們偷個更長的時間刻度來裝飾我們的鐘面錶面，有點勉強，但還是漂亮非常——那就是「春」、「夏」、「秋」、「冬」，四季的命名文字，我們可安放在3、6、9、12的位置。

「春」，基本上是形聲字，樹木的意象分類加「屯」字的聲音，卻漂亮得不像形聲字， ，只因為「屯」字（ ）本身就是草木萌生穿土而出的美好摹寫，因此組合起來，反而正好是森林之中一根顫危危新芽伸向風中的動人景象（像宮崎駿《風之谷》的最後一個鏡頭），有時，還加上太陽照進來的一束光柱，有更好的打光效果， 。

「夏」字沒甲骨文，我們只能偷個周代金文來用（正因為甲骨文沒此字，才讓民國初年的疑古學者以為抓到把柄，悍然斷言夏朝是虛構的朝代）： 。這個篆字較費解，但我以為許進雄先生的解讀最為漂亮，他猜測這是個祈雨的巫者，腳下的腳步符號，記載了乾旱夏日一場虔誠的祭神之舞。

「秋」字一直到小篆之後才簡化成今天火燒禾葉的樣子， ，這是我個人記憶中最好聞的味道，也是我個人以為台灣這個四季不分明的島嶼上最秋天的味道。但甲骨文的原形，純就美學來說，無疑更漂亮， ，上頭是一隻吃莊稼的蝗蟲，下頭是火，這極可能是作物成熟季節以火驅趕蝗蟲的記憶，很有重量感和生活質感的一個記憶。

「冬」字造型很簡單， ，有說是草木凋零下垂的樣子，也有說就是結冰的圖示（金文「冰」字作 ），無論如何都是冬日萬物停止生長，大家再無事可作，只能整理整理今年並瞻望下一個年頭的冷冷時日。

　　從這四個字來看春夏秋冬，便不再是透明的抽象時間刻度了，倒像印象派後期畫開始出現庶民生活的四幅畫，我相信，這會是個很好的錶面。

7. 最本雅明的字

游

每隔個一陣子，就會有某報某版面或某雜誌當世紀性偉大專題企劃來問你一個無聊問題：如果你流落荒島（或甚至世界末日），而你只能攜帶一本書，那你會帶哪一本？

我當然曉得他們要問的，無非只是你最鍾愛的、最願意長相左右的那本書的名字而已，但這種裝模作態的問法不知怎的總讓人生氣，或至少沒什麼好聲氣，都流落荒島了都世界末日了，人倒楣絕望一至於斯，還喬張作致帶本書幹嘛？有這個餘裕多帶點罐頭什麼不好嗎？甚至帶點氫酸鉀還可能實用些，我沒吃過，但據說瞬間致命並不痛苦，而且死後兩頰紅潤並不太難看，嘴巴還留有苦杏仁的味道。

好吧，如果注定流落荒島或明天就世界末日，你只能帶一個甲骨字，那你會帶哪一個？我想我會帶走上面那個乍看起來怪怪的字——一個大眼睛，置放於行道通衢的十字路口，東張西望，一個漫步的字，一個遊手好閒者的字，一個最本雅明的字。

此地有這麼個人，他在首都聚斂每日的垃圾，任何被這個大城市扔掉、丟失、被它鄙棄、被它踩在腳下碾碎的東西，他都分門別類收集起來。他仔細審查縱欲的編年史，揮霍的日積月累。他把東西分類挑揀出來，加以精明的取捨；他聚斂著，像個守財奴看護他的財寶，這些垃圾將在工業女神的上下顎間成形為有用之物或令人欣喜的東西。

一個文人與他生活的社會之間的同化作用就隨一種時尚發生在街頭。在街頭，他必須使自己準備好應付下一個突然事件，下一句俏皮話或下一個傳聞。在這裡，他展開了他與同事及城市人之間的全部聯繫網，他依賴他們的成果就好像妓女依賴喬裝打扮。在街頭，他把時間用來在眾人面前顯示其閒暇懶散，這是他工作的一部分。他的行為像是告訴人們，他已在馬克思那兒懂得了商品價值是由生產它所需的社會必要勞動時間決定的。在眾人面前延長閒暇時間對於認識他自己的勞動人是必須的，這使它的價值變得大得簡直讓人難以捉摸。

這兩段漂亮非凡的話，前面是波特萊爾講的，他是本雅明最鍾愛的、並賴以展開他著名「資本主義／城市／遊手好閒者」論述的詩人；後面則當然出自於本雅明本人之口，今天很多喜歡他的人照眼就看得出來，歷史上沒哪個人曾用這種方式去理解馬克思，把馬克思的嚴正「勞動價值論」拿來這樣子使用。

本雅明是誰？對我個人而言，他是整個二十世紀人類最敏銳最神秘最自由的心靈，他不寫詩不寫小說不從事專業的哲學、歷史學術著述，因此他不是詩人小說家或哲學家歷史學者，本雅明超越了這些，或者說他流體性的穿透了智識所有這些分工和自覺，某種意義來說，他是人類最後一個完整的心靈，一個心智世界的遊手好閒者，一個，我們用他自己的話來講，文人。也正正是因為他的不可歸類，人類現實社會的運作機制很難登錄他承認他，使得他「或多或少處在一種反抗社會的低賤地位上，並或多或少過著一種朝不保夕的生活」。

本雅明同時也是我個人最心痛、最可惜的一個心靈（排名次於他的是，因肺病四十四歲就死去的舊俄偉大小說家契訶夫，然後才是梵谷，梵谷多少是「燒完」才舉槍自盡的），他的左翼兼猶太人身分，

使他在二次大戰期間受盡蓋世太保的追捕迫害,最終貧病交加,於一九四〇年絕望自殺於法國、西班牙邊境,才四十八歲,正是他思想理應最成熟的時刻——光光是爲了本雅明,你就足以和戰爭,尤其是國族種族的瘋狂戰爭,永遠劃清界線,永遠站在它的反側。

本雅明生前,知道他價值的舉世只有布萊希特等寥寥一兩人,他的著述文字係以「遺作」的形式留給世人的,而且要好幾十年下來,人們才一點一滴開始恍然起來,對這個世界的眞實進展和人們的處境而言,戲劇性一點來說,本雅明毋寧更像個只存在遠古傳說中的先知,他提早把洞見寫了下來,封存在白紙黑字之中,等待我們半世紀以後的後知後覺之人。

但本雅明大概不會曉得,三千多年前,中國人也提前造了這樣一個遊手好閒的字,鐫刻在甲骨之上,像預告了他的論述和發現。說眞的,我最好奇的是,本雅明要眞看到這樣一個如在眼前的老漢字時會怎樣,他會哈哈大笑嗎?他臉上會出現怎樣一種表情?

眼花撩亂

這個本雅明的字,很遺憾,後來不該打贏的人打贏了,爲它裝填了密不通風的乏味意思,這個字就是今天的「德」字,除了用在勵志性的命名(人名、店名、公司行號之名)而外,寸步難行。

但看過它最原初長相的人,絕不會同意儒家,尤其是宋代以降的儒家,那種森嚴倫常式的解釋。它明顯是徘徊駐足於人來人往的大街之上,自由、閒舒,明顯的對眼前這一切充滿了童稚般的乾淨好奇。

這裡,我們於是需要再來看另一個字,好淸洗一下腐朽的不佳氣味,而且,我個人樂於相信,這種可能就是 𢔻 字的下一步反應,下一個表情。

，仍然是睜大眼睛，四周環以閃爍的光點，是個眼花撩亂的字，也是一個通常只置身於大街之上才出現的字。居家周遭的一切太過熟悉了，熟悉到透明，不可能生出好奇，從而引發不了如斯的反應；鄉間田野的風景又太遼遠固定了，變化遲緩殊少意外，它讓人心傾向於平和，而不是目不暇給的悸動。

這個眼花撩亂的字，今天的正楷寫成「囂」，音銀，就使用上而言大概已經算是個死去的字了，它最後一次的使用，極可能是形容舜帝的母親，父頑母囂，父親粗鄙無賴，母親壞嘴搬弄，正是這對了不起的天作之合夫妻，因為寵愛小兒子象，遂持續的迫害孝順的兒子舜，演出了中國歷史上第一宗有名有姓、罪證確鑿的家暴案件，但老天有眼動物有情，舜耕田時小至鳥兒大至大象都來幫忙，其中出最大力氣犁田的是大象。

中國華北有象嗎？那時候有，因為彼時的華北氣溫比現在高，降雨量比現在豐沛，因此地表景觀也遠比今天青蔥蒼翠，就像《詩經》裡描繪的那樣子，因此，象是可安適生存的，甲骨文留下鐵石一般的證據：象，⌕，長鼻長牙，特徵明確；還有犀牛的「兕」或「犀」字（兩字同源），⌕，更清晰強調牠那隻最終令牠倒楣甚至因此在中國絕種的大獨角。其中，象由於性情溫和又聰明通人，可能還是最早馴服的耕地動物，甲骨文的「為」字，⌕，便是人手牽著大象長鼻子的畫面，用來表示有所作為有此事功的意思。

因此，帝舜的塊肉餘生故事雖可能只是傳說，但其中的經驗細節卻是有根有據的，至少就大象幫忙耕田這高潮一幕。

好，囂字也成了不堪的意思，但我懷疑這是文字轉換變易過程之中出了岔子，生出了誤解，其過程可能是這樣子的——⌕字在線條化為篆字之時，形狀上成了⌕，於是原先感官焦點所在的大眼睛隱晦成為「臣」字，倒是本來閃動的光點符號變形成為「口」字

（口字符號在甲骨文中通常會刻成 形，而不會像光點符號呈菱形矩形，更不會因勢翻轉，就像我們看過的「占」字， ），於是，原初那個驚喜目眩的好畫面消失了，變成四張大嘴巴團團包圍的可怖景象，那當然就是舜母「碎碎念」註冊商標的絕佳描摹了。

也因為這樣，我個人還相信，原本 字的下一反應，應該就是今天仍使用中的「囂」字，是一個從眼睛的撩亂，再內化為腦子裡消化不良的暈眩發展——囂沒甲骨字，篆字寫成 ，我們曉得，中間替換的「頁」字，甲骨字為 ，形態是跪坐的人，誇大其頭部，原來就是「頭」字的原形，所以說今天我們和頭部有關的一些字，仍忠實保留「頁」的意符，比方說「頭」（發豆聲）、「顏」（發彥聲）、或「顧」（回頭，發雇聲）云云——因此，囂字應該可重建為甲骨文的 形。

感官的位移

問題既然扯開了，我們就順勢解決一下，讓本雅明先等著。

感官從眼睛跑到嘴巴，從腦袋跑到嘴巴，這種感官的位移現象，的確在文字發展過程中更無可置疑的存在，我們這就來看兩個跑到鼻子去的實例——

首先是「聞」字，甲骨文仍是誇大局部器官的方式表現： ，大耳朵的跪坐之人，但今天，除了封存在古詩中如「聞君有二意，故來相訣決」或「聞聽雙溪春尚好」之外，白話使用的聞字差不多已完全跑到鼻子的嗅覺機能領域去了——其實就連聞字中的「門」形，也是莫名其妙變化出來的，原先並沒有這種躲門邊偷窺偷聽的三姑六婆暗示。

真正和鼻子、和嗅覺有關的甲骨字，敏感些的人其實很容易察覺

出來，都會有「自」的符號存在：自，　　，象形的鼻子；至於嗅覺的「嗅」字，甲骨文則聰明的把個超大鼻子安裝到嗅覺最靈敏的狗頭上去，成了　　，也就是「臭」字，但這字後來墮落成專用的不好氣味，因此原字又添加「口」的意符（又弄錯了，想來是個感冒只能用嘴呼吸的傻瓜）而成為嗅。

此外，我們今天所慣用的「味道」一詞，「味」這個帶著口字意符的後來形聲字，當然本來是隸屬於舌頭所管轄的味覺部分（舌，　　，為著強調舌上的血管經脈和口水，這個舌字逐獰猛起來了，倒像某種昆蟲或外星怪物的口器，也像一株雨中的盆栽，由此，我們還能找到一個外形更不雅的甲骨字，　　，「飲」字，一個伸長脖子和舌頭喝酒或喝水的人），但也大致移往鼻子去了——當然，味覺和嗅覺的緊密聯結不好分割，讓這部分的感官混淆和位移較情有可原，我們都曉得，享用美食時鼻子的慷慨參與有多重要；而且，我們多少也親身體驗過，重感冒鼻子不通時，吃起東西來有多沒勁多沒「味道」。

諸如此類的奇奇怪怪錯誤你在意嗎？堅持要更正嗎？來不及了也不必了，老實講，「積非成是」本來就是文字發展「正常」的一部分，文字一直在持續的誤解、誤讀和誤寫的狀況下蜿蜒前進，像收受種種異物、種種汙染的大海，安靜的吸納它們積澱它們分解它們。當然，每一代也都有眼睛裡容不得砂子的人試圖英勇斧正，甚至動用到公權力來規定哪個字一定要哪樣寫才行，包括部分的「分」字到底有沒有人字旁，計畫的「畫」字要不要讓它帶一把鋒利割人的武士刀，「拚」和「拼」到底是不是兩個從發音到意思都不一樣的字云云，這些分辨和努力或都正當行之成理，每隔一段時日整飭一下也是好事，文字通常也不會反抗默默接受指摘並承受，但同時它仍固執的繼續犯錯，繼續走自己難以阻擋的路。

甲骨文大街

好，睜大眼睛、眼前光影撩亂的遊手好閒者，如文字般持續漫步於屬於他通衢大路之上，我們就跟著他的眼睛也張望這路上的一切吧。

首先，這路是怎麼來的呢？路，當然是人走出來的。

但這句包含著濃濃敎訓況味的睿智人生俗諺，極可能只說對了一半，最早最早的路也許是鳥獸走出來的，人尾隨其後——比方說較具開路之力的獸群，甲骨文中有個今天我們不再用的字 ，是羊群走過的畫面；也通常有蛇， ，這個字就是蛇字的原形「它」，唯「它」字較常被引用的是另外一型的 ，一條可能是被無意踩到或騷擾的蛇忍無可忍瞄準人腳的一觸即發畫面（人不惹蛇，通常蛇也不惹人，因爲人並非牠的食物）；然後，便是追逐之事的發生了，今天的「逐」字源於追趕野豬的 ，但甲骨文中，被追趕的還有鹿、大象、狗等其他造型，只要有肉，無所不追，追著追著，路就清楚踩出來了，於是金文以降的「逐」字，便添加了道路的符號，呈現出 的模樣來。

但這樣時候的道路還太荒蕪，屬於獵人，而不是遊手好閒者，他需要路況更好、人群更聚集、景觀更熱鬧的大路，因此，他得耐心等待這自然的道路被人爲的加工——甲骨文的「建」字和「律」字，可能是同源之字，呈 模樣，或再加腳印符號讓此一訊息更加清晰的 ，是手握一管毛筆（當時就有毛筆了，不待日後秦朝大將蒙恬的發明，後來出土的戰國時代毛筆也絕非中國歷史上的第一枝），規畫道路打算開工整建的模樣，這個氣象萬千的「建」或「律」字，爲我們存留了當時十大建設之類的宏偉證據。

「你建好它，他們就來了。」——新的大路之上，仍然有牛羊走著，但注意這回後面跟著持杖放牧的人（牧字我們看過，但還有加道路符號的  或  ），你跟他們後頭，趣味盎然，有某種不期而遇的愉快心情（「逆」字，  ）；你也輕鬆的就越過某個背著人遲遲而行的（「遲」字，  ，一個因背負著另一個人而步履沉重的人），但路上並非都是快樂的畫面，也有人押著可憐的奴隸不知要往哪兒去，你注意到這名奴隸腳上還繫著繩索，防止他逃跑，因此舉步維艱，很快就消失在你背後再看不到了（「後」字，  ，繩索加腳步的會意字）。

路旁還有跪著祭拜或正進行某種儀式的虔敬之人（「御」字，  ，原意被假借之後已然遺失了），此外，也有甚多不願走路的人，不管是基於實際的身體考量，或僅僅只爲著誇示身分地位，乘坐雙人抬著的舒適肩輿（「輿」字，  ，或「輿」字，  ）；道路上也來來往往走著各式各樣華麗的車子（「車」字，  、  、  、  、  ）；路旁停著的車子旁邊，有人正待登車，另外一人手持墊腳之物協助他（「登」字，  ）——還好當時這些手工打造、式樣裝飾個個不同的車子數量仍相當有限，速度也不快，不會威脅到閒步的人，只增加眼前的景觀和速度節奏變化而已，就像本雅明所講的，馬車的大幅度興起，在倫敦街頭搶去了走路的空間，但在巴黎還好，沒侵犯到人行的步道上來，仍爲遊手好閒者留著餘地。

也正如巴黎的遊手好閒者需要拱廊街，需要百貨公司和櫥窗一樣，這道甲骨文的新大街兩旁也有了變化，長出了式樣、功能和意義不一的建築物來，有可能是占地較廣大、權力掌握者所居並行使權力的宮室（「宮」， 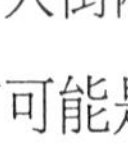 ），也有大概是做爲祭祀所在的廟堂（「享」，  ），還有高出一般人居室的大型豪宅（「京」，

，「高」， ），人形的屋頂原是避免積存雨雪的必要設計，卻也因此割開天空的渾圓完整。這些屋子開著雙扇或單扇的門扉（「門」、 ，「戶」， ），並有著可容不經意窺見室內的窗子，窗子還可能是陶質的，飾著漂亮的窗花篩選光影（囧，字， ）。

居處和人口這麼密集起來，做生意的人當然也就跟著來了，這是人口集中、分工漸趨細膩後必要出現的局部性交換經濟，他們用實物性的斧斤（「斤」， ，斧頭的原形，後來也因此轉注成度量衡的單位，完整記憶了如此的交易經歷）和遠方的美麗海貝（「貝」，

，後來成為有關商業活動的文字最重要的構成附件，如「買」、「賣」、「貨」、「貸」、「質」云云）做為交易媒介。這個新興的經濟活動看來是有力量有前景也有當下利潤的，甲骨文中的「得」字呈 ，在大路之上一手拿著海貝的圖像，我想，這是正當商業所得，而不是靠運氣撿拾而來或憑技術竊取而來，退一步來說，如果在這道大街上那麼方便撿拾到或竊取到珍稀的海貝，那也未免太熱鬧、進展太快了，這並非不可能，只是這還要等上好一段時日，等大街更熱鬧、有更多人前來，在人擠人的摩肩接踵時候才差堪想像。

遊手好閒者，關心的與其說是商業的發展前景和歷史意義這些迢迢的東西，真正吸引他目光的毋寧還是眼前的活動本身和大街的變化。這裡，有附近的農人、獵戶和工匠販售遊手好閒者熟悉的在地生活產品，像把這地區的活動和其結論做總結性的呈現，偶爾也會有陌生的遠方行商順大路而來，展示一些從沒見過的動物和貨品，這種時候，總吸引了最多人的駐足和問詢，是大路之上不定期的自發性節慶，這些奇怪不知道名字的商品和販售者本身都隱藏著一個個沒聽過的故事，源生於一個個沒聽過的地點和經歷。陌生行商的介紹說明幾

乎總是誇大的、誘騙的、荒誕的，用這些價值的不明添加物把眼前這個可見可信的、大小恆定的實物給裝填飽滿起來——《山海經》大約便是大街市集的如是產物，奇怪的山，奇怪的河，奇怪的土地，生長著奇怪的草木土石和鳥獸，每一個自然物都擁有呼之欲出的可信核心實體，但它們，尤其是外表線條，又總是變形的、扭曲的、閃動不居的，一種又荒誕又具象真實的存在，是行商狡獪的魔幻寫實作品。

於是，人來人往的實體大街便也成了某種隱喻了，它通向外頭不可知的世界，也通向外頭不存在的世界；載運過來外頭不可知的物和人，也同時帶來外頭並不存在的物和人。

聲音的雜沓起落，讓被包圍的遊手好閒者腦子撩亂起來，就像我們說喧囂的那個「囂」字的樣子，而他腦子一下子裝不下的眾多訊息便繼續在空氣中擴散、糾纏，並隨機化合——有行商的夸夸吹噓，還有因此引發起來更雜亂無秩序的驚歎、感想和評論即席發表乃至於爭議，此外，尚有其他販售者不甘示弱的相應叫賣聲音，有車行的聲音，人和牛羊行過的腳步聲音和隨塵土一蓬一蓬而起的話聲和叫聲，可能還有一直持續著不受干擾的流水般織布聲音（「經」，，裝好經線的漂亮紡機模樣），有街邊作坊的叮叮敲打聲音（「攻」，，在某種器物或工作檯上敲打），甚至還有新起的工事房屋正進行中，加進來夯土的沉沉實實低音（「築」，，夯打的字，夯土時外層先用木板層層固定，填土其中，再一段段夯實，這個雖是稍後的金文，但仍保有用大錘夯打的生動模樣，至於竹字頭，看起來只是個美麗的背景），以及揮汗工人協同使勁時高亢拔起的吆喝歌聲。

本雅明說這樣的大街總是危險的，總會通向犯罪——取代咬人腳跟之蛇這種自然性危險的，有人和人聚集的小不忍鬥毆（「鬥」，，兩個因出手扭打而頭髮散亂、肢體扭曲的人），大街上也出

現誘捉小孩的販售人口歹徒（「俘」，　　，抓落單小兒於大街之上的可怖之字）。

當然自然性的災變威脅一直是存在著的，尤其是華北著名的水患，甲骨文的「衍」字，　　，便是如此可怖的景象，街道瞬間成爲洪水之路，淹沒一切。

當時，這自然的威嚇力量是比戰爭殺戮更可怕的毀滅者，因此，中國最早的築城動機不因戰爭，而是防水，夯土的城牆呈斜角的緩坡狀，毋寧更該視之爲堤防，城牆還要有人巡邏照看，甲骨文的「衛」字是　　，四個大腳印環著四面城牆，這是個有正經事在身的勤苦之人，和我們無所事事的漫遊者恰成對比。

百年孤寂的遊手好閒者

這個大水漫過街道的「衍」字，把我們帶到另一個也是新建的村莊聚落，另一道可堪比擬的新主街，同樣遊手好閒者徘徊不去之地——那是賈西亞‧馬奎茲《百年孤寂》所在的馬康多主街，就在跨國香蕉公司罷工事件整整三千人以上被屠殺、裝火車運走並予以湮滅之後，一連下了四年十一個月零二天的雨，淹去一切，就是此字的光景。

想起馬康多這條街，這裡有些不安和疑慮就容易清理了。

三千年前的一條不知名的新大街有什麼好逛的，有什麼好眼花撩亂的呢？——對習慣於亞洲式商店街名品店，習慣於日式百貨公司或購物中心「瞎拼美學」的人而言，別說是三千年前塵土飛揚的貧窮大街，就連巴黎香榭大道或倫敦的哈洛斯皇家百貨公司（沒錯，和英國黛安娜王妃一起飛車撞死的就是該百貨公司的小開），你乍見都難免覺得土，難掩聞名不如見面的失望。才不過幾年前，我曾和一位友人

一道走進歐陸最大飛航轉運中心的大城之一法蘭克福的最大百貨公司，就在主車站正面大街之上，完全見識到德國人的樸實不被流行商業時潮拉動的特質，我那位台南出身的友人回頭苦笑：「這跟我記憶裡二十年前台南市那種所謂的百貨公司幾乎一模一樣，我鄉愁得眼淚都快掉下來了。」

我們挑揀半天，只能在那兒買一把雙人牌精鋼大菜刀回來送岳母大人，你還是只能相信德國人的製鋼工業技藝，覺得自己手中這沉甸甸的致命玩意兒，分明就是虎式坦克或豹式坦克的一部分。

但你同時也心裡清楚，這裡仍是該城最繁華發光的所在，那裡更樸實生活的人們假日開心閒逛的所在，節慶時候慷慨犒賞自己和家人的所在，附近年輕三九少年（紐約名作家張北海對 teenager 一字的絕佳譯詞，十三～十九歲）冶遊不歸、得回家編謊話胡弄父母的所在。

比現實多一點點什麼，這就蒸騰成炫目的光暈，對遊手好閒者來說這就夠了。遊手好閒者，正如我們說過，不是馬克思口中富裕的有閒階級（這種人通常疏懶在家），正如他沒有足夠的財力來奢侈購買，他也沒太遙遠多餘的空想好支撐他目光的有限貪婪，某種意義而言，遊手好閒者是很務實的，他不能脫離大街閉目冥思，一切從眼見為信開始。

因此，每一代每一地，貧窮或進步，契訶夫寫的苦役犯薩哈林（即庫頁島，俄國流放罪犯之地）或波特萊爾的大革命時代巴黎街頭，都有屬於它的遊手好閒者的踪跡，就連我小時候宜蘭五結鄉外婆家的小小孝威村也一樣存在著被村民搖頭歎為敗家子的遠房伯父遊蕩者（但小孩都非常喜歡他，做一人高的風箏，到宜蘭濁水溪空手抓鯉魚云云），而《百年孤寂》中上校的父親、馬康多的建造者老約瑟‧阿加底奧‧布恩迪亞便是個最華麗的遊手好閒者。

他的遊手好閒者紀錄，從馬康多才只二十棟磚房時就展開了。每

年三月，會有一戶衣衫襤褸的吉普賽人前來，搭帳篷，展示新奇玩意兒，笛子和小鼓響聲震天。他先用騾子和兩頭山羊和那位鬍子硬繃繃、雙手像麻雀的胖吉普賽人梅爾魁德斯換來兩塊大磁鐵，想吸出地底的黃金，結果只吸出一套十五世紀的甲冑；下一個三月，他又用磁鐵外加三枚殖民地金幣和吉普賽人換到放大鏡，用陽光來點火，弄得自己燙傷化膿，還差點動手燒房子；接下來是幾張葡萄牙地圖和觀象儀、羅盤針、六分儀等航海用具，他遂正式放棄了所有的家庭義務，夜夜在院子觀察星星，還為了找出研判正午的方法差點中暑，最後在一個十二月星期二午餐時候跟家人宣布：「地球是圓的，跟橘子一樣。」再來是煉金實驗室，然後是假牙，最終他拿出工具清理地面，說服村人開出一條路來，好讓馬康多村能通向世界，通向一切新發明——路最後通向大海，約瑟·阿加底奧·布恩迪亞絕望的發現，原來馬康多被水四面八方包圍著，哪裡也去不成通不到。

在這段時日裡，他的妻子歐蘇拉和小孩「則在菜園裡種香蕉、水芋、葛根、山藥和茄子，忙得背脊都快斷了」；而在他老去、發瘋被綁在院子裡的板栗樹幹並終於死去之後，馬康多的大街仍繼續生長，更多生養眾多的村民，更大群的新吉普賽人，馬戲團雜耍和真的飛在天上的飛毯，賣淫的妓女，新建的教堂和背後聯結了教皇和整個教廷的神父，官吏和背後動亂戰爭的哥倫比亞奪權政府，自動鋼琴和義大利人，當然還有殖民掠奪兼商業掠奪的美國香蕉公司——

然而，這道令誰都眼花撩亂的大街其真面目是怎樣呢？賈西亞·馬奎茲的傳記《回歸本源》大陸版書中附有一張印來模模糊糊的照片，標名「蒙塞尼奧埃斯佩霍大街」，五六米寬的路面（看不出營建質料），疏落平凡的幾棟屋子，兩根電線桿和凌空橫過大街的電線，茂密生長的樹叢，路上有個騎腳踏車的人，還有兩名遊戲的小孩——這就是馬康多大街的原形，賈西亞·馬奎茲童年外祖父祖母家的熱鬧

大道，哪裡都一樣有的普通小鄉小鎮主街。

對炫目於今日大街的我們而言，兩塊磁鐵、一個放大鏡、幾張老地圖加一套殘缺的航海儀器究竟能召喚我們什麼？勾起我們什麼奇異的心思呢？但對於另一個時間另一條大街上探頭探腦的漫步者來說，這可能就足夠是一個窗口，一把鑰匙，一張進入另一個無以言喻世界的門票了──正如同未來世代的人，極可能也會奇怪我們何以這麼容易滿足，這麼容易激動，所謂的東京原宿表參道不就是又土又落後、什麼也看不到的一條老街嗎？

而我個人以為人類小說史上最華麗的《百年孤寂》啓始於什麼意象呢？大家都曉得，啓始於一塊再平凡不過的冰塊，忽然展示於哥倫比亞這道沒冰沒雪的炎熱大街之上：「多年後，奧瑞里亞諾·布恩迪亞上校面對槍斃行刑隊，將會想起父親帶他去找冰塊那個遙遠的下午。」──那是新吉普賽人來那一次，以笛聲、鼓聲和鈴鐺聲前導，帶來孟斐斯賢者最新最嚇人的發明，也同時帶來梅爾魁德斯死於新加坡海灘的消息。冰塊展示於號稱是原屬於所羅門王的帳篷中，除了入場費三十里拉之外，摸一次冰塊還得每人多付十里拉，年幼的奧瑞里亞諾一摸立刻縮手：「好燙。」而老約瑟·阿加底奧·布恩迪亞則手擱冰上好幾分鐘，還前後摸了兩次（也付了兩次錢），並大聲驚歎：「這是我們當代最偉大的發明。」

8.

低賤的字
和一頁完整的性愛生產圖示

日本大阪，有一道我很喜歡的路，是聯通當地兩大交通樞紐梅田和難波的寬敞幹道御堂筋，旅日女歌手歐陽菲菲所唱的〈雨中的御堂筋〉說的便是這條道路。你若取道填海所造成的關西空港，轉嶄新又比較划算快速的南海電鐵（在日本，有其他選擇時盡量別坐又昂貴又沒效率的日本國鐵 JR，這是有強大經濟學理論支撐的），通常你下車的終點大站就是御堂筋南端的難波，由此開始兩排高大美麗的銀杏直直伸向北邊天際，秋天選對季節時一天乾乾淨淨的金色，卻是由一小片一小片玲瓏小扇子狀的葉子參差疏疊而成，比印象畫派秀拉的點繪法要自然不造作；其實初春葉子剛出芽成形時也非常好，新綠得透明而疏朗，抬頭照見天光雲影人世悠悠，你站在路旁吃六五〇円大骨頭熬製的庶民風金龍拉麵，人生很容易就滿足。

　　很難想像這樣溫柔長相的銀杏樹，卻是植物中獰猛無比的樹，它會分泌化學物質攻擊鄰近樹種，而且沒有天敵，從恐龍時代一路存活到現代。

　　在御堂筋平直如矢又寬廣的人行道上，你偶爾低頭會看見這個城市的專用地磚，一定有一片是甲骨文或金文模樣的古漢字，正是這個　　　字，這字後來演化成為不字和丕字兩個，其中不字被假借走了，成為掌權說最後一句話者如父母、老師、政府以及漂亮女生最愛用的一個字；丕字還好，儘管並不活躍（大致只存活於成語之中，意思是並未順利移植到現代白話文來），但仍存留了「大」的肯定美好意思，我猜，就因為這個意思，才聯綴上大阪市，遂被借用為這個城

市的代表符號。

但這個字最原初應該就是個象形字，摹寫的是花的雌蕊授完粉膨大起來，原先誘蟲用的美麗花瓣功成身退，為節省營養已萎去的模樣，也就是植物辦完一切手續、專心製造下一代的模樣。是個和性有關的字。

和此字最接近最相干的還有另一個甲骨字 ，一樣是膨大起來的子房，有時還細心添加內部種子成為透視圖模樣， ，也有人指出這其實就是女陰，這個字是「帝」，轉注成為一個至高無上的文字。

儘管，在不久前很長一段時日之中，所謂初民的生殖崇拜被弄得很誇張，抱此論述的人疑神疑鬼，形態的聯想已到隨時隨地觸景生情的令人厭煩地步（只要高興樂意，有哪些形狀躲得開陽具和女陰的附會呢？）但初民對生殖一事的正面凝視基本上是信而有徵的，這不奇怪，某種意義而言，這是無可替代的生物本能。

甲骨文，如是我聞的為這個留下完足的紀錄。

大道之始的兩個象形字

這裡，我們先不從生殖，繞個路，用較素樸的角度來查看初民如何看待生物性的必要行為，在人為文化未予以著色以前，這可以是非常坦然的，殊無不潔可言——更何況，我們還有大哲學者莊子理論支撐，莊子說，大道並不總顯現在最高的地方，相反的，你得往下看，看螞蟻，看糞便，這叫「每下愈況」，意思是大道在愈低下處愈明白，況正是明白的意思。後來，這個成語被錯用為「每況愈下」成為貶意，用來形容台灣今天的政經情勢發展及其處境和相應的政府能力，這種錯讀錯用是文字（以及語言）發展途中常見的，我們不妨用

看待生物基因突變的方式來看它，它也是造成語言文字變異漫漶的來源之一，不盡然是壞事。

好，我們就奉莊子之名從糞便談起。

便，是「方便」的簡稱簡寫，依舒適程度之別又粗分大小兩種，但其實完全沒觸及此一行為和具體物件本身，而是一種隔空抓藥式的客套話；那糞呢？這是甲骨文中已然存在的字，是個非常精緻耐心的行為寫生圖，⿰，左手持畚箕或籃子類的東西，右手所拿的是清掃工具，也就是掃帚，小點可能是冒出的氣味，也可能是猶待掃起的碎屑之物，因此，正確來講應該是清理清掃的意思（這個原初的意思到後代的文言還存在），也和我們今日習稱的物件不相干，我們今天從線條變異後的楷體「糞」去看圖說話，可能會產生又有米（概念分類或材料來源）又有田（運作之簡陋場所）的錯誤聯想，純屬巧合。

造字的初民沒這麼扭捏躲閃，這上頭他們不僅寫實，甚至是自然主義的；⿰，就是個「尿」字（當然，極端的女權主義者可能不樂意如此的男性父權造字觀點），⿰，就是個屎字。

今天，這兩個字就連小學生幼稚園生都認得，也是我們每天必須進行的行為，但有趣的是，不論是口說的語言抑或手寫的文字，絕大多數的現代人，一年之中可能難能使用個兩次，而且，似乎教育程度愈高、愈有教養或身分地位的人愈少用，你記得你上回寫過說過這兩個字是什麼時候？哪樣光景呢？

我們說，從每日必要的生物性行為，到語言文字的高度隱晦，改變的當然不是行為的消失乃至於生物結構的變化（生物學者說我們和萬年之前的克魯馬農人的生物相異性不到百分之一），而是人的意識出現了計較，而這個意識改變的關鍵大體上又根源於人類社會的變化——怎麼樣的變化呢？簡單說，就是芸芸眾生之中，有一小部分的人

地位身分忽然高貴神聖了起來，高貴神聖的理由一開始可能有真實依據的，包括人的勇敢和天賦能力，能在狩獵和爭戰之中得勝；包括人的智慧和特異功能，能聆聽啟示教導一般人，但一來勇氣和智慧不是人眼可見之物，需要再找某些更顯露於外、更能一眼就看出高貴低賤差別的清楚特徵；二來如瑪克斯·章伯所指出的，尤其當第一代奇魅型高貴之人把由此掙來的支配權力和地位傳交給第二代時，勇氣和智慧云云往往是最無法實質轉移的東西，遂不得不成為家戶長式的支配，對這些一生出來就高貴但內在貧乏零蛋的二代之人而言，外表可見型態的不同於一般凡民便成為更迫切的需要了，因此，住的房子得長得不一樣，穿的衣服得長得不一樣，行為舉止都得不同於常人，最終就連語言文字的使用都要刻意分割開來，中國的《禮記》，便是這麼一部意圖分辨細膩差別的大全之書。

用《聖經》的宗教語言來說，這叫「分別為聖」，要先分別，才能顯現出崇高神聖出來，分別的方式一向採上下兩條路線合擊並進，上面一條路是積極性的追求，「做一般人不能做的事」，是一種誇富宴式的分別方式；下面一條路則是消極性的禁忌，「不做一般人能做的事」，是一種棄絕生活底層、掙開生物性必要行為的方式。

這樣的「做」與「不做」，落在文字語言的實踐之上，便成了「使用你無法使用的語言文字」和「不使用你僅能使用的語言文字」──語言文字，在禁忌型的分別方式尤其要緊，畢竟，你能吃別人吃不起的食物，住別人住不起的房子，浪費人家浪費不起的財貨，這都不難，但你不真的能改變自己和一般人相同的生物結構，不做吃喝拉撒之事，於是，你只能用語言用文字去加以遮蓋。

語言文字於是生出了貴賤，生出了階級，這並不是語言文字的始生本質，這是它長大後交友不慎才染上的惡習。

知道語言文字的貴賤色彩、階級色彩是派生的，真正的原始根源

在於人生活著的社會分割出貴賤、區隔成階級，如此，語言文字的考查便有可能再多出一個積極性的指示用途了，我們倒過頭來有機會從語言文字使用和禁忌的幅度及其內容，警覺出、印證出，甚或嘗試丈量出這個社會的這方面真相出來。

像我們讀舊俄的一干偉大小說，特別是以法俄戰爭為書寫背景的托爾斯泰《戰爭與和平》，總不斷被對話中大量出現的法語打斷（翻譯者為保留原味，通常採取原法文加註釋的方式呈現，讓不懂法文的人得翻前顧後非常煩），我們曉得，這是彼時歐化的帝俄上流社會區隔開一般平民農奴的時尚，但值此拿破崙揮軍入侵、面臨亡國危機的時刻，還如此遍在的、肆無忌憚的滿口「敵人」的語言，由此我們窺見的階段分割意識及實質程度，還是非常駭人的。

又比方說今天的台灣，在一些只供高官巨賈出入的排他性俱樂部（排他，正是非常重要的分割方式之一），裡面使用的高貴語言往往是至今不衰的英文，和慢慢當令起來的日文，我一位外語能力差不多是零蛋的朋友，某回因偶然機緣誤入其中一晚，回來信誓旦旦的跟我講，整整三小時的時間，他沒聽到任何一句他聽得懂的話——由此，我們也可察覺出台灣今天的政商結構有多強固難以撼動。

你說這太荒謬嗎？一點也不荒謬，大陸名語言學家陳原在他《語言與社會生活》一書之中，還說到一個更荒唐的歷史實例。陳原說，幾百年前的英語是不大說「褲子」（trouser）這個字的，因為上流社會那些虛偽的人認為不雅，會令人想入非非，所以非得講不可時便成了：「我買了一條不能夠描寫的東西（indescribables）。」或「他穿了一條絕不可提及的東西（one–must–not–mention–'ems）。」

褲子都不行了，更何況屎尿之物。

逃遁與追趕

因此,我們可合理的懷疑,糞字之所以早早轉注從而取代了屎字,極可能便源自於如此語言文字的分割效應──當我們不宜直接講那有形有狀之物,便只好委婉的說「就是那些你每天要費心清理掉的髒東西嘛有沒有」,如此如此,這般這般。

我們近取乎身回想自己的人生經驗極可能都有極類似的記憶。打從小時候開始,學校老師和家中父母總也會諄諄告誡我們,哪些話哪些字眼是絕不可說出口的,造次如此顛沛如此,否則就得刷牙漱口打嘴巴拉舌頭──於是我們很奇怪學了一些理論上終身不可一用的文字語言,就跟人類費盡心思和財力物力發明一堆永遠不可使用的核子武器一般。

然而要命的是,語言文字這樣子的騰挪詭計保用不了多久的,通常會很快被語言文字另一個常見的有趣效應給抵消掉,那就是語言文字和它所表述指稱的事物(也就是「能指」和「所指」),在重複使用的過程中,會逐步靠近密合起來,像磁石相吸一般,隨著兩者間距離的消失,原來的暗示、象徵、隱喻便再無容身的空間,並在這兩者完全重疊之際,讓如此語言文字的詭計歸於消滅,於是,我們再看到講到這個原是隱喻性的「糞」字,腦中那個一手清掃一手承接的勤勉畫面便被替換掉了,和原始的「屎」再沒分別了。

如此,我們好容易才割開的距離給消滅掉,有教養的語言文字躲藏重又陷落成粗鄙不文的大白話,這時,語言文字便只能再往外逃,它可能羞怯的改用執行地點來代稱,比方說如廁;或更文雅的以事成後的身心舒暢感受來代稱,比方說方便。但一樣保用不了多久,那個討厭的有形實體又如影隨形跟上來,因此,我們便只能費盡心思把地

點的指稱再加以遮蓋，叫「洗手間」、「盥洗室」（盥，，在皿中洗手，最原初可能是進食程序的一部分，而不是隨時隨地的日常行為），以及盡可能美好的，「化妝室」。

這個永不止息的「逃遁／追趕」關係，如生物世界草食動物和肉食動物的生存競賽，最終，會將語言文字追趕到幾近是再也無路可逃的死巷子裡，最終，語言文字只能用「缺席」來做終極性的抵抗，它把自身徹徹底底給放空掉，菩提本無樹，明鏡亦非台，讓實體和氣味再無一物可沾惹，於是，我們會聽得尤其是更文雅的女性說：「我去一下——」「我告退一下——」，甚至只是一個點頭加一個深摯解人的微笑——語言文字的極致是沉默，老子會這麼說，維根斯坦也會如此說。

「凡知道的，都應該沉默。」這是維根斯坦最終的叮嚀，凡是對語言文字的如此效應有基本理解的人都當如是行，千萬別不識趣且心熱的追問：「你要去哪兒？」「要不要我陪你去？」「是不是有什麼急事我幫得上忙？」云云，逼急了，難保你會返祖性的聽到：「去拉屎啦，行了吧！」

如此，人類辛苦了上千年時光便瞬間化為泡影。

柳暗花明的故事

能指和所指的靠近、密合、重疊、間隔的距離消失，說者的隱喻和聽者的想像皆失去空間，語言文字扁平透明，不再曖昧，不再輻射著光暈，這便是語言的「物化」，或心平氣和來說，語言的「鈍化」。

這裡我們再歇下腳，來說一個「柳暗花明」的故事，發生的時間地點是日本京都靠鴨川的白川通，四月櫻花祭。

這一截的白川通是京都三大古街重建的成功範例之一，我第一回去時還十分破敗，兩岸的酒館皆把臉轉過去背向它，因此像一道後巷，其中最有名的料亭「白梅」還在跨水圳（白川不是河，是人工的琵琶湖引水渠道）、聯通白川通的小石橋上放著看漢字就知道是「危橋，年久失修」的警告標誌。

第二回，煙塵蔽天，根本走不進去，穿制服綁頭巾的工人正在整建，大塊大塊的厚青石板疊在路旁。

然後，便是第三回的四月櫻花祭了，地上的青石板步道平坦好走，正朱色的木頭欄柵新上了漆，日式宮燈形狀的路燈矮矮站在樹叢裡放暖暖的光，路旁，有大概是地方歌謠戲曲研究會的幾名穿和服少女在彈三味線和古琴，遊人如織如水川流不息，當然，那些曾背棄它不顧的酒館又全轉回身來，重新把正門開向白川通，好招攬觸景生情的日本鬼子酒客，完全是《東京夢華錄》裡所描繪、而且很可能在記憶中修整過才那麼繁華如夢的景象。

白川通原本就間雜而且密密實實長著老吉野櫻，老垂櫻和高大漂亮的老楊柳，你知道四月櫻花漫天蓋地開起來的那樣子，就算是夜晚只有暖黃的燈光，還是眼前一片光亮透明，就像我旅居日本的老師講的，「陰天都成了晴天」——一直到那天晚上，我才真的看到原來「柳暗花明」是這麼漂亮的風景，一個你使用達四十年之久的無味成語，原來還原回來是這樣「櫻花亮起，楊柳黯去」的明滅層次風景。

我於是想到，一個學中文的老外，在乍乍知道這個老成語時，看到的景象一定遠比我們多，他們在「絕處逢生」之類的抽象意思之中，驚覺到其中居然有 flower，有 willow，還有如《聖經·創世紀》裡的光和暗，不像我們熟門熟路的直接進入指述的抽象意義中，千年習用下來早已鳥不語花不香，只是純粹工具性的符號而已——他們看到的會是一幅漂亮的畫，而我們看到的只是一個疲憊的成語。

　　難怪波赫士在談詩時，會興味盎然的立刻談到字源學，難怪溫和如卡爾維諾在談文字使用時會顯得那麼氣急敗壞到接近憤怒：「我覺得人類最特出的才能——即用字遣詞的能力——似乎感染了一種瘟疫。這種瘟疫困擾著語言，其徵狀是缺乏認知和臨即感，變成一種自動化反應，所有的表達化約爲最一般性、不具個人色彩而抽象的公式，沖淡了意義，鈍化了表現的鋒芒，熄滅了文字與新狀況碰撞下所迸放的火花。」

　　從卡爾維諾這段少見的嚴厲話語中我們知道，對文字鈍化效應的對抗之道，在於「臨即感」，在於不讓它流於抽象性的自動化，這是一種對實感的再認知再把握，並非一定要回字源學的文字之初不可——然而，回到文字的始生，卻是 refresh 文字的一條很好道路，它有機會召喚回文字被乍乍鑄成或說被如此使用的原初「驚異」，這個驚異聯結了彼時生長它的現實土壤和具體圖像，帶著尙未被消滅的強大隱喻想像少量，中國人說得最好的是莊子的「新發於硎」，硎是磨刀石，寶劍剛剛才辛苦磨好，猶帶著閃亮的火花和銳利無匹的鋒芒。

　　更何況，波赫士的回溯字源只能找到掌故，而在中國文字的字源裡，我們往往還多出了具體的圖像。

生產指南

　　好，往下我們便重新回到具象的文字來。

　　在談指事字時，我們已看過了一個曖昧於指事、象形和會意之間的「身」字，它其中一個「肚子裡有東西」的造型　　，說明它可能早早就有「懷孕」的意思。

　　當然，這沒什麼好大驚小怪的，說到懷孕生子，這是生物性的本能傳種繁衍大事，人什麼時候在這顆藍色小行星出現，這事就擺明了

存在多久，絕非日後誰才發明發展出來的新方法或新抽象概念，因此，三千年前的甲骨文必然對此知之甚詳。事實上，有關懷孕，甲骨文中還有一個更明白、更沒爭議的字，長這個樣子， ，或更扼要的， ，超音波照射之下可清楚看出胎兒已完全成形（但看不出是男是女弄璋弄瓦），這就是正格的「孕」字。

再來，便是瓜熟蒂落的妊娠過程重要實錄了，甲骨文中有一堆造型精微的大同小異之字：或做 ，嬰兒由母親臀後頭部先出的素樸順產圖示；或駭人些帶著血水而下， ；還有連同母親子宮開口加助產士接生雙手的鉅細靡遺畫面， ；也有只局部性重點強調的特寫鏡頭， 。前三者大致演化成後來的「毓」字，特寫那個則成了「育」字，這兩個字原本同是生產過程的揭示，今天則只薄弱保留著聲音的連接。

如果我們更具學習精神的把局部特寫給放大處理，畫面便成為 狀，是助產士雙手掰開子宮接生的樣子（是否有難產的麻煩不得而知），這是個「冥」字，可能是這字後人看起來刺激了些，遂從生產過程說明書中被完全剔去，而轉注成幽黯深奧並烙印著不潔乃至於死亡的貶意。

其實，真正可怕的不是「冥」，而是「棄」，棄的甲骨文畫成 ，再清楚不過了，是雙手拿著畚箕把帶血水的初生小兒粗暴倒出去的寫生圖，當然我們可自我安慰，這字裡頭的小兒可能只是死嬰，合當丟棄，但問題是棄字還有另一個更駭人的造型， ，右邊加了手握繩索的圖像，用以絞殺初生的小兒──我們當然曉得，在生活物資不豐盈且醫學不發達的初民生存世界中，這可理解為某種變形的家庭計畫墮胎行為，用以處置有缺憾養不活的或有困難無法養活的小兒，但終究還是令人觸目驚心。

好，比較幸福活下來的小兒，母親便有義務得授乳了，甲骨文的

「乳」字是 ，極精巧的一個字，懷中的小兒張大口如嗷嗷黃口小鳥般讓人心疼，而且我們也可注意到，這個象形字還添加了指事的小橫槓符號，特別標示在焦點所在的母親胸脯部位。至於辛苦授乳的母親，體形當然有了變化，甲骨文中的「母」字做 ，是「女」字（ ）的變形，刻意的誇張膨大的乳房部位，產出「比牛奶更好」的嬰兒食品。

只是，小兒除了要生要養要保護（保， ，漂亮的揹小孩圖像）之外，還得要教，甲骨文育兒指南的最後一頁便是這個「教」字， ，其中最醒目是右半邊手持棍棒高高舉起的圖像（至於小孩頭頂的 符號，許進雄先生以爲代表的是打繩結的這項古老技藝，以概括小孩的基本教育課程），從這個抵賴不了的具象文字來看，至少三千年前中國人便堂而皇之進行體罰教育了，罪證確鑿。

但看過了令人悲傷的棄字之後，如此有限傷害的敎字我們也就不計較了，畢竟，比起那個可能是十年以上最低本刑的駭人罪行，打打自家小孩，可能就只是斥責了事或緩刑結案罷了。

花的兒女

如此明朗坦白面對男女生育大事及其相關零附件，對初民而言，是普世性的，絕非中國人所獨有，這對今人已經是常識了，像甲骨文中著名的「且」字，「祖」字的原形，畫成 ，當然就是個如假包換的陽具，和女陰代表的「帝」字相輝映，差別只在於男主內女主外而已——用陽具代表祖先，是「吃果子拜樹頭」的感恩不忘本呢？還是祖上無德，除此道具而外沒什麼值得後人崇拜追憶的呢？

玩笑歸玩笑，其實我們曉得，就生物而言，交配傳種繁衍這是最重要的大事，甚至嚴重過個別生命本身的存活（你一定在 Discovery

頻道看過鮭魚英勇溯河產卵死去的影片實錄，那樣忍受激流巨石撞擊一身殘破不退的壯麗畫面），因此，此事必須大張旗鼓的進行才合理，而不是隱匿不宣，是以生物進入發情期時，或散佈強烈的氣味（據生物學家研究估算，一隻發情的雄蛾，其氣味足以吸引四億隻雌蛾），或飾以鮮豔的顏色，或直接讓性器官腫大起來以便目標明顯可辨識，只因為在生物護種競爭上失誤不得。

顯花植物尤其極致，當配種的時刻來臨，它們把性器官高高舉起在最顯眼的位置，搭配以一切想得到做得到的手法，包括最美的色彩、最撲鼻的香氣（或臭氣，如非洲的大王花，只因為它藉吃腐食的蠅類傳粉），最濃郁的甜蜜，惟恐你看不見、聞不到或不願靠近，無所不用其極只為著傳達一個訊息：「快來，我在這裡。」——六○年代追求性解放的美國女孩男孩，之所以自喻為「花的兒女」，高唱〈到舊金山別忘了戴朵花在頭上〉，其典故便在此。

當然，這方面動物和植物稍有不同，動物有短暫隱匿的需要，那就是交配正式進行這段時間，但究其原因，倒不是什麼害羞不害羞的問題，而是值此節骨眼的一刻，動物（植物則當然無所謂，反正它本來就不會跑）會喪失絕大部分的自衛和逃遁能力，是最脆弱的時刻，像我們小時候抓雷公蜻蜓就最清楚，蜻蜓交配時最容易逮到，而且一次兩隻，這無關教養和文化水平，而是實質性的生死問題。

由此，我們不難了解，《聖經》中說亞當夏娃開始不好意思裸身，要用無花果葉子把性器官給遮起來，係發生在被蛇引誘，吃了「分別善惡」之樹的果子，「眼睛明亮了起來」之後，這很顯然是文化性省思開始的隱喻，而不是最原初生物性本能行為的記敘。最早人類遮蓋住生殖部位，其原意應該是功能性的保護措施，而不是禮節，所要保護的是傳種繁衍最重要卻又脆弱易受損的工具，當然不是面子。

奔者不禁

　　性禁忌嚴重起來是很以後的事，傅柯說歐洲的性禁忌高峰要遲至十七世紀左右，同樣的，中國也要到宋明兩代這段期間，這當然是有原因的。

　　我們來看巴爾扎克在他小說《米農老爺》中的一段話：「可憐的巴黎女人，爲了你小小的浪漫，你可能喜歡沒沒無聞。可是公共場所的馬車往來都要註冊登記，寫信要淸查郵戳，信寄到了之後又得再次核對收件的印章，住房也相應要有牌號。這樣，整個國家的每一小塊土地都登錄在冊了，在這種文明之下，法國女人怎麼可能從心所欲呢！」——這裡，巴爾扎克不經意的爲我們揭示出來，原來即便是某種道德的、形而上意識方面的禁忌，最終還是要動用到社會的物質性工具的，就好像巴爾扎克所說的郵戳、印章、牌號乃至於各式各樣的淸查登錄簿冊，要等到這種種的社會配備齊全起來，這一類的禁忌也才可能眞正森嚴起來綿密起來，讓置身其間的人無所遁逃於天地。早期社會身分的差異性分割意識，其力量只夠開啓它，絕對不足以完成它。

　　宋明，尤其是稍後的明代，是中國歷史上眞正的專制君王時代，這可以無關君王自身的善惡良窳（儘管明太祖朱元璋眞的不是個什麼玩意兒），而是吏治系統的完整，愈見成熟的統治技術，宋代以降儒家主張的單一性、壓倒性獲勝並在外僵固爲箝制讀書人的八股科擧、往內封閉爲準宗教的嚴厲道德倫常系統（人類歷史上好像沒什麼主張禁得住如此程度的大獲全勝而不出大麻煩的，不管它曾經多睿智多悲憫多柔軟開放），國家特務機構的建立和快速滋長，宰相的廢除和帝王的親領政事，還包括巴爾扎克所提到的，全面土地登錄的所謂「魚鱗圖冊」和全面人口淸查的所謂「黃冊」的完成——是這些東西，而

不是（不只）人的惡意欲念，才讓人對人的全面壓制成爲可能，包括形而下的人身行爲言論，更形而下的苛捐雜稅，以及性禁忌。

因此，愈早期愈古代也就愈封閉愈禁忌的想法絕對是一種迷思，嚴厲是一個緩緩建造的過程，要耗用上千年的漫長時光，你才能一步步控制住遼闊疏放的天地山川，人爲的予以封閉起來，如此，你也才控制得住散落在天地山川之中的人。

比方說，讀《左傳》的人，多少都會驚訝於彼時男女之事的「隨便」，最精采的當然是一代美人的夏姬，但諸如齊國的幾代公主也不遑多讓。事實上，孔子本人便是野合所生，歷代的儒者也無法諱言這個。大陸的名小說家鍾阿城來台灣短暫居住期間，有一回談起這一話題，阿城說這是再自然再尋常不過的事了，他下放雲南時，當地的原住民尚保有類似的儀式行爲——他們定期的舉行儀式性的聚會狂歡，舞蹈歌唱加上酒類的麻醉催情效應，收場便是男女一對對各自帶開，自行找地點製造該部族的小孔子。阿城判斷，這個安排的原意，極可能是生產的鼓勵，人口的增加，對部族的擴展、現實生活的勞動人手乃至於對於死亡以諸多方式暴烈襲來的有效對抗以護種繁衍而言，都是非常要緊的。

年輕時發神經病念《禮記》（其實很好看，張愛玲還說不亞於讀《紅樓夢》），最喜歡裡頭講二月萬物方生、春情勃發的時刻，男女一事「奔者不禁」，當時以爲是禮法建構者的開明，懂得在對的時間刻意的開放出一個對的缺口給年輕人走，現在才曉得這是上古男女之事的記憶存留——二月私奔的男女，禮法不加禁止，我們之前已看過「奔」這個字的原來樣子，就是那個快得彷彿同時跑出三個腳印符號或甚至是三條腿的古怪象形字，的確得把握時機跑快一些，開個玩笑來說，二月最短，一年漫漫就只這麼二十八天，稍縱即逝，一錯過到時又要老老實實等一整年。

9. 可怕的字

春秋時孔子師門的第一手記錄之書《論語》，說實在的，絕對是一本自由、有趣、動人而且充滿想像力的好書，對話活潑飽滿而且層次分明，人物生動性格呼之欲出，這裡，做為錄音機使用的文字發揮了很好的力量，表現一流，我們喜愛文字的人真應該為它鼓掌喝采。

此外，就二千多年前書寫不方便因此語多簡略的彼時文本而言，它意外的優閒寬裕；更好的是它還是「非官方」的，讓文字的使用權力以及當下歷史的記述和隨之而來的解釋權力釋放到民間來，不先有人做成這麼困難的破冰之事，很難想像往後一、二百年時間會是思維這麼自由這麼狂野奔放的漂亮光景，再後來儘管不行了，但歷史的著述和解釋權力仍有相當一部分從此長留民間，收編不回去，不完全受制於愈來愈強大的統治者；還有，民間對時政的談論和批評習慣和力道一樣也沒完全消失，成為甚富意義的某個思維傳統。

我個人一直奢望用小說來重建孔子師生一群人，尤其是他們一邊自在談論他們的、一邊一個一個國家敲門走過的那般奇特光景，對當時大體上人人僻居一隅、國與國之間尚未接壤留著大片空白地帶的實況而言，這真是一個奇怪的隊伍，光這外表形態，便可以為很多人帶來驚異、恐慌、想像、傳說，以及啟蒙，就像《百年孤寂》的吉普賽人之於馬康多村民，梅爾魁德斯之於約瑟·阿加底奧·布恩迪亞。

只可惜後來我們一直用不自由、不有趣、不動人的方式來讀它，讓它成為「聖書」──神聖，用安博多·艾可的憂慮來說，是一種快乾漆式的快速凝固，這原本是一種保護，不受蟲蛀，不讓時間蝕落變

化，得到某種不會壞去的標本，但自由和想像，尤其是非有自由和想像伴隨不可的思維，都是時間流淌變化聲中的產物，在這裡非窒息不可。

因此，我很願意建議人們重讀《論語》，也許三十歲之後吧，一方面離開學校久了，那種標準讀法淡忘了，可乾乾淨淨的重新見面；另一方面人情世故複雜起來也豐盛起來，對人世憂患種種有質地真實的感受（《論語》同時也是亂世憂患之書）——當然，前提是你得保有某種對智識的熱望。

不從聖人之徒（也就是規格小一號的聖人）的標準，而從人的標準來看，孔子有不少很棒的學生，能力、性情以及缺點各異，看得出老師是個謙遜、平等、有自信（這三者往往共生），因此鑑賞力準確寬闊的人，沒要他們長一個樣子，更沒要他們全都長成自己的樣子。

後來，這些各形各狀的學生被歷史拋擲到比他們一己之力更大的現實亂世之中，下場不一，有的軟弱屈服，有的沒沒無聞從此消失，也有不少做到了一定的事有相當成就，當然也有命運乖蹇的，其中下場最不好的，大概是勇敢、正義感十足、天資不高但樂觀開朗的子路，他出仕衛國，在一場骨肉相殘的政變中死去，還被剁成肉醬，因為這個不幸的掌故，中國歷代的讀書人無不認得這個字「醢」，原本是某種肉類食品，今天超市或二十四小時方便店貨架上隨時可買到的廣達香公司產品，也是拿坡里義大利麵的主要食材，但因為這場悲劇，這個字成為一則歷史。

但從甲骨文來看，「醢」字一開始並不真的是食物而是可怕的酷刑，從上面的字形很清楚可看出來，這裡被置放於大臼之中的不是食物，而是個絕望的人，上方是雙手持大杵的劊子手，活生生把人錘打成肉醬，血水四濺。

還好我們這些很喜歡子路的人可安慰自己，子路當然是死後才被

野蠻剁成肉醬的，人死如燈滅，痛苦在死亡完成的那一剎那已然遠去了——但我們無法安慰自己，還是有相當數量的人係活著經歷這一場（不到相當數量不足以支撐這個字的造成），儘管我們並不認得他們。

哀矜勿喜

甲骨文中有好些個這樣可怕的字，像一張張檔案紀錄照片，忠實的爲我們封存了此類無可辯駁罪行的呈堂證供一直到今天，也揭示著彼時人們生存掙扎的殘酷一面，我們該用什麼樣的心思來看待呢？功能學派的學者如馬凌諾斯基或要我們穿透殘酷的行爲表象，睿智的把我們的思維聚焦到其功能上頭，去理解此類行爲於彼時彼地社會建構及其運作維修的必要性（我們的確不好否認刑罰的功能及其必要）；文化相對學派的人類學者如米德則提醒我們稍安毋躁，記得在這種時刻最該保持冷靜、謙遜和中立，別以我們同樣受一時一地制約的價值去妄加評斷甚至覆蓋時空不同的社會云云，諸如此類壓抑我們最素樸正義感和最普遍人性價值的思維警覺，雖然可議，不周延，用學術工業的標準來說也都「過時」了，但仍有他們的一見之得，有其斑斑歷史的可理解線索和進步意義，因此便也罷了；反應比較奇怪的是我們中國的一批民初學者，他們擺明了對這些字的歡迎，眉飛色舞，只因爲這些字實證了老中國歷史和文化的黯黑和腐朽不堪，而且打開始就「整組壞去」，更重要的還爲中國古代奴隸制的存在找到證據，因此可做爲很好的開路機，闢一條坦坦大道，好讓他們把早已備好待命的整套庸俗化、教條化馬克思歷史解釋給像迎神拜會般迎進來。

實在太開心了，因此忘記了「苟得其情，則哀矜而毋喜」其實並非某階段階級社會的特定意識形態產物，而是一個深刻的、具普遍意

義的好的人性提醒，它沒要阻擋我們去勇敢正視最不堪的眞相，也不像所謂「理解一切就可原諒一切」的道德異化僞寬容，它只殷殷提醒我們可別忘了自己是個人，而不是喪失主體性的充做另一種意識形態（革命主張的、國族意識的、敵對力量的）的奴僕和工具。

我們這裡讓「醢」字領軍，以爲這組可怕甲骨字的帶頭者，不見得是因爲它手段最凶狠、帶給受害者的痛苦指數最高（雖然它其實正是如此），而是因爲「醢」字是爲殘酷而殘酷，除了勉強可找到威嚇性的功能性薄弱解釋而外，再找不到其他任何理由可讓人這麼來對待另外一個人，殺人不過頭點地——這是甲骨世界中可見最仇恨最殘忍的一個字，帶著獰笑。

其他的可怕之字並不這樣，它們的殘酷多少有跡可循。

殺老／殺小

有一種殘酷你最心生不忍，因爲充當創子手那一方，心裡極可能並不好受。

這裡我們來看一組相對的兩個字。其中一個我們在談生育時已看過，是那個手拿繩索絞死初生嬰兒，再以畚箕把帶血水死嬰倒掉的「棄」字；另一頭的另一個字，則是我們從許進雄先生的《中國古代社會》學來的「微」字，甲骨文畫成 ，其中左邊的 是甲骨文中代表老人的固定圖像，以人髮隨著歲月流逝長長丈量時間，用爲表述方式（ ，「老」和「考」的同源甲骨字，在此處多加一根助行的拐杖好凸顯人的衰老蹣跚），右邊則是有人手拿棍棒的圖樣，老人不是小孩不是獸類，因此這裡不是施行必要體罰的教育之事（「敎」， ），也不是驅趕至水草豐美之地的畜牧之事（「牧」， ），而是棒殺老人，和「棄」字遙遙相向、但意義

相近的殘酷人口控制行為。

不知道是否因為這樣一個甲骨造型的關係，太具震撼力破壞力了，許進雄在書中小心翼翼的為它找一堆證據，從五十萬年前北京周口店出土原人頭顱骨的創痕，到新舊石器時代各遺址的死亡人口年歲統計，再到民俗學者搜集到手的各種傳說故事，最終還拿出《楚辭‧天問》中「何勤子屠母而死分竟墜」的屈原昔日大哉問之一，用這個掌故中夏禹之子，也就是傳說中夏代第二任賢君夏啓的殺母神話以為補充證據——再說一次，去買許進雄的《中國古代社會》來看，台灣商務印書館，五百八十元。

巧的是，這一組兩字的人倫慘劇，背後居然都聯綴到中國遠古的兩位賢君（也使罪證更加可信）。「棄」是周代開國先祖，傳說中他正是得神護祐的不死棄嬰出身；而「微」字則如上所述是夏啓，當然這個神話原來說的是夏啓從幻化為石頭的母親身體爆裂開來而出生，因此才叫「啓」，這是我們今天很熟悉的神話樣式，很容易聯到其他各民族的同類型神話，也有頗為固定的哲學解釋，比較心平氣和或比較生理學的還原方式，了不起只是啓母生產過程的不順利，得剖腹取子或甚至母體因而致死云云的神話變形。

殺死老的跟小的，這原是大自然的專利，老去的動物喪失了獵食（肉食性）和逃逸自保（草食性）的能力，本來就難以存活；初生的生命，數量一般總遠大於大自然所需、所允許的數量，這是生物護種的人海戰術老策略，本來就是敢死隊般只打算確保其中一小部分能躲開環境的敵意好存續下去。今天，很多人所讚頌、所矢志學習的大自然生生不息秩序，本來就是靠死亡機制來修護不墜的，其中有些「智慧」並不難知也不難模擬，沒那麼深奧偉大，只是我們不忍做、不願意做、沒那份硬心腸依樣做出來而已，因此我們得痛苦的另闢蹊徑，找其他我們做得出來的替代解決方法。

　　大自然天地不仁的處置，由人來代理執行，包括老去生命的不安樂「安樂死」，包括初生生命的延遲避孕術，我們便以為是殘酷的，儘管我們也同時不忍。

　　這個大自然的生生不息秩序，既然根源於大自然的慳吝本質，根源於生存資源的稀少和必要爭奪，對應於它的殺老殺小行為，便無法仰靠人的「道德覺醒」一下子終結，而是生存環境和技藝的有效改善，讓飯更夠人吃，同時，幫老人和小兒找出存活的價值。

　　至少至少從周代開始，這個問題已有大體根絕的景況，一方面因為生產增加，養得活更多人口；另一方面社會持續分工，人的價值不再完全的、單一的受困於「尋找／製造」食物的純經濟功能，人要祭祀，要料理人群社會諸多麻煩爭端，要寫詩做文章，要思考生命意義，這時老人便有用起來了，他以吃鹽比你吃飯多的時間老夥伴姿態出現，靠他的閱歷、知識和記憶取得不可讓渡的存在價值（我想起自從我老祖母辭世之後，家裡的祭祖拜神之事就程序紊亂，很多時候得用猜的或用「準」的），因此，從周代的存留文本來看（某部分記實、某部分是著述者的理想），老人反而取得崇高無比的地位，要人服侍要人扶持，能單獨食肉衣帛，就連君王都得保持禮貌接受教誨。

　　犀利、霸氣十足的孟子，曾說過一段溫柔無比的話，而且如果我沒記錯，至少在不同時間場合講過兩次，這是絕佳的人類歷史烏托邦風景描繪，沒一般烏托邦那樣空洞、天馬行空且僵固意識形態的不好氣息，極其現實極其開朗，彷彿伸手可及可立即執行：「不違農時，穀不可勝食也；數罟不入洿池，魚鼈不可勝食也；斧斤以時入山林，材木不可勝用也；……五畝之宅樹之以桑，五十者可以衣帛矣；雞豚狗彘之畜無失其時，七十可以食肉矣；百畝之田勿奪其時，數口之家可以無饑矣；謹庠序之敎，申之以孝悌之義，頒白者不負戴於道路矣。」

　　相對來說，小兒的命運際遇就艱辛一些，它的價值不在當下而在未來，這個價值延遲本質，使得它的命運除了跟當下的急迫物質條件綁在一起而外，還得受未來預期的樂觀悲觀心理所牽制；而在歷史現實之中，它顯然還始料未及遭到其他意識形態滲入的迫害，那就是父權社會運作底下、糾纏著人的愚昧偏見、宗法制度、財產繼承制度的討厭意識形態，因此，殺嬰之事綿延較久，時有所聞，尤其是女嬰。

　　這裡，我們應該能馬上警覺到，純功能性的、現實性的殺戮儘管殘酷，但比較起來目標清晰手段俐落，不需要有目的之外的折磨（除非手法太拙劣的失誤），真正讓人殘忍的永遠是意識形態所衍生的神聖殺人理由和仇恨無限上綱心理，人類歷史上大量的、殘酷的、非現實需要的殺戮，你一定可清楚看見一旁意識形態帶著獰笑的支使，其中數量最大、手段最狠的就是宗教和國族意識，以及後來半宗教半國族的新型怪物共產主義革命。也因此，人間殘酷的真正高峰不在意識形態方興未艾、殺老殺小的甲骨文時日（不會完全沒意識形態的「資助」，否則「醢」字便無由出現），而是始自於得勝之後的基督教，並在宗教改革、國族意識持續高昇的往後數百年一路攀爬而上，用傅柯的話來說是，他們不是要你死，而是就要你不死，劊子手最了不起的技藝便在於，如何在不終結人生命的情況之下，讓痛苦儘量延長並極大化。

　　想看這種究極技藝演出的人，可去買傅柯的《規訓與懲罰》一書，台灣有中譯本，還可從傅柯書中所引述的歷史酷刑實錄文本追進去，看人類瘋狂起來會到何種地步。

　　我們同時也應該清楚警覺到，既然老人和小兒得以存活的最大關鍵，在於現時生存物資的充裕，因此，這類行為便很難完全根絕。一旦現實狀況轉惡，求生不易，老人難保再次被餓死打殺，而小兒不僅丟棄，更可廢物利用「易子而食」。這種反噬脈衝式在不好的時代全

面復活，也始終局部的存留在謀生不易、自然條件惡劣的人間一角。

死者／活者

經濟性的殺人之外，還有戰爭的、刑法的殺人。

因部落的、國族的衝突而殺人一直少有道德負擔，甚至是光榮的、受人景仰的，因此，這類的字不必像棒殺無助老人的「微」字那樣，羞愧的躲到「微弱的」或「幽微隱藏」的兩個轉注洞窟裡去藏起來，這種殺人，是製造英雄和偉人的最重要機制。

這種群體衝突的殺人方式，最根柢處有生存資源爭奪的「必要」動機，輔以群體共生的自然情感，這就是國族意識的眞實原形。正因爲國族意識非憑空發明，而是隨時可回頭在這基本人性和人的處境找到方便的支撐，它才這麼難以對付，一直享有相當程度的「道德豁免權」，刀起頭落，不亦快哉。

來吧。甲骨文中首先有中箭受傷的人，　　　，箭矢由人腋下穿入，這個字是「疾」，因此它是受害者一方的字，而不是加害者一方的字，表述的是「受傷」而非「殺戮」；再來是「伐」字，　　　，很清楚用兵器的戈（　　　）割取人頭的圖像；從伐字，我們可立刻跳接到下一個鏡頭「馘」字，這個斬首示眾、今日還好已鮮少用得上的字摹寫成　　　，把伐下來的人頭得意的懸掛在凶器之上；如果你嫌不清楚，那就點進畫面予以放大，這局部重要圖像清晰出來就是「縣」，　　　，「懸」字的原形（加「心」的意符，是轉注成懸念、懸掛的唯心論走向），很清楚可看到繩索或被害者的頭髮充當掛索，眼睛怒睜不一定是含恨不瞑目，這只是造字老伙倆，用單眼來代表整顆腦袋，但也因此造型更駭人。

「馘」字的楷書也可寫成「聝」，這個變形不自楷書始，而是秦

的小篆階段就有了，顯然做為實戰殺戮高手的秦人的確有 pro 級的水準，深知其中奧妙——戰陣中殺人，又要存留立功證據，又要不妨礙持續的行動，弄個皮球大的腦袋掛身上的確不方便，比較好的方法就是只取固定一邊的耳朵，這種方法一直沿用到現代，當兵中過金馬獎衛戍過外島的人都很了解甚至做過噩夢，據說對岸蛙人摸哨想帶回家的就是這個。

這不僅現代，更是古老，甲骨文中的「取」字， ，和我們見過手拿寶貴海貝 的「得」字同形而異物，拿的正是戰利品的敵人大耳朵，格調不同，但價格可能可以互換，心情上也可能同等程度愉快。

然後便是那些活逮不殺的人了，當然也包括犯罪但罪不至死的人，這些活罪難逃的人大概都供做奴僕使用，但在發配使用之前，有些手續得先辦一下。

有些得先弄瞎他一隻眼睛。據學者研究，瞎掉一眼，對經濟性的勞役之事不至於有太大影響，但反抗作亂的能力則因此大傷，因此，在不顧及受刑者的真實感受情況下，是很有效的管理方法。甲骨文中，這個殘酷的處置俘虜或犯人的方式有三形，看來應用的情形相當普遍，一是「臧」字， ，以戈刺眼；一是「民」字， ，以針刺眼；然後是「夐」字， ，手持尖物刺眼。

有些則目標低些，瞄準鼻子。這是「劓」字， ，其實這個楷書的保持狀況相當良好，意義也如當初完全沒走樣，就是一個象形的鼻子配一把象形的刀，除了拿刀割鼻子之外，還真掰不出其他什麼解釋出來。

狀況進一步輕微的，或說進一步人道的，則是所謂的「黥刑」或「墨刑」。這種在人的臉上「留下記號」的處置方式，重點不在肉體的折磨痛楚，而是分別，也就是讓某一部分人臉上永遠洗不掉的寫著

「我是壞人」、「我是奴隸」，散落於芸芸眾生之間，很方便於辨識和管理。它的最終成果，我們可以來看一個刻畫得更仔細更傳神的金文字，這就是今天我們用為顏色的「黑」字，取自鑄子叔黑臣簠，

，這是一個人，臉部誇大好讓我們看到上頭墨汁淋漓的縱橫線條，還四下滴落。

要讓臉上線條永遠不去，像我們小時候不乖被某些變態老師用毛筆沾墨汁在臉上寫字畫○╳是不夠的，得用刻的，讓線條深陷到不會剝落再生的表皮組織以下才行，這便需要較特殊的執行工具，這個工具在甲骨文中便是「辛」字，　，形狀像一把長木柄的雕刀，末端大概是扁平狀的鋒刃，並加指事符號的小橫槓於其鋒刃來強調，就像今天玩金石篆刻所用的那種，我們順著「辛」的符號往下尋找，便能找到一些臉上有記號的人。

很奇怪，在皮膚上刺字畫圖這項技藝和喜好，人類會得很早，而且極普及（看看非洲人、美洲印第安人，或台灣的原住民），信基督教的人會說這項技藝係直接襲自上帝，第一個刺字工匠就是上帝耶和華，挨刺的正是人類的第三個人，也就是亞當夏娃的大兒子該隱，人類第一椿謀殺案的凶手，上帝因此在他臉上留下不可抹消的記號，理由是要其他人不要再傷害他，但想當然耳，該隱的罪惡印記也從此跟隨他，令他不管何時何地都脫不去凶手的身分，都被隔離，都等於猶在服刑。

臉上有字的首先便是「妾」，　，一個言簡意賅的聰明俐落造字，用一把墨刑雕刀和一名象形女子直接結合起來，來表達臉上黥字充做勞役用的可憐婦女；然後是「僕」，　，更證據確鑿的一個字，摹寫一個受過黥刑的人正在倒垃圾的模樣，這個字請注意此人的右腳，很明顯短了一截，且有流蘇狀的記號存在，說明腳的長短不齊是有意的，絕非圖形刻畫時的無心失誤，這讓我們聯結上另一個

字，另一種刑罰，「殺」，，一樣的長短有別，一樣腳上的記號（換成左腳，這無妨），這極可能就是斬去單腳足踝的「刖刑」，戰國名將孫臏挨的就是這個，漢文帝時淳于意的孝順女兒緹縈冒死上書要對付的也是這個——斬去一腳，得穿義肢式的特殊鞋子（齊景公時曾因此類肉刑過濫而造成此類鞋子供需失調而價格騰貴起來），但行動還是不方便，因此只能做些看門敲鐘打雜倒垃圾一類的瑣事。

事實上，厲害無比的許進雄先生還搜到金文裡去，他又多找出「童」字，，這是個形聲字，其中的「東」只是聲符不具意義，圖像的重點在雕刀的「辛」和其下的大眼睛，不曉得是雕刀也做刺眼之用呢（功能上當然不成問題）？還是以刀代表墨刑、以眼代表刺眼的廣義性表述受刑服役的年輕小兒呢？

另外，不從刑罰角度來表述的賤民還有「奚」字，這個字在甲骨文中也屢屢現身，線條有微差，男女有分別，但主旨相同，我們只需要看其中一個就行了，，一隻手拉住用繩索捆綁的人，這不自由的人當然也是罪犯或奴隸。

還有幾個較曖昧的字，一是「宦」，，監牢裡一隻監視的老大哥眼睛，當然這負責監視者可能是身分正常的受命小吏而已，但以囚徒監視囚徒、以奴隸管理奴隸是這個古老行業的可敬傳統，效果良好，沿用至今，因此「宦」的真實身分也不妨放進來；如此，便又再跑出來我們看過的「臣」字，，也可以在眼珠上加一小點強調而成為 ，不再被關起來的大眼睛，順同樣邏輯和操作實際經驗，我們可以當他是服刑表現良好、調出來處理其他工作諸如例行行政文書業務什麼的、已掙得一部分人身自由的罪犯奴隸，這也是此一傳統屢見不鮮的。

再往上昇就到「宰」字， ，小雕刀又出現了，這回置放於家裡，當然，這可以解釋為有刻人面孔、生殺予奪權力的掌權宰制之

意；但「宰」同時也是人，是一種工作身分，也不妨可看成受刑人進一步受到主人的信任，正式進入家中擔任管家執事的重任。

還有，但差不多也夠了。

滿街奴隸

於是，對想在中國遠古找奴隸的人而言，這眞是大成功大豐收的一趟旅程。「民」是奴隸，「臧」是奴隸，「妾」、「僕」、「童」、「奚」也全是奴隸，不止這樣，作威作福的吆喝小吏「宦」也是奴隸，老實分工辦事的中級官員「臣」也是奴隸，必要時連一人之下，指揮號令的「宰」都可能是奴隸。眞要這麼無限上綱下去，連萬獸之靈的神物「龍」和萬鳥之王的神物「鳳」看起來，奇怪都有奴隸的氣味或說血緣基因，龍的樣子我們看過，　，你看它頭角部位不也挺像我們找尋的那把小雕刀嗎？還有美麗神奇的鳳，　，它的頭冠部分不也一樣很像小雕刀嗎？

普天之下，莫非王臣；率土之濱，莫非王民——依甲骨文造型翻譯出來，叫「莫非奴隸」。

這樣奴隸疊奴隸、積木般堆起來的結果是什麼？就是某些人想望中那個嚴密的、無所遁逃的、可嵌入敎條馬克思歷史路線的古代奴隸制度，包括那些持戈的、拿利針的、操作小雕刀的、拉住繩索的，都一樣轉身隸屬於此一制度之中，於是自由的人所剩就很少很少了——一一刪除之後，好像就只剩下那個萬民之上的可惡君王一個，或規模小些，可惡的部族家長一個而已。

今天，我們當然已淸楚知道事情不是這樣，歷史的可信圖像不是這樣，考古的實際證據顯示不是這樣，但整整落後一百年的不實臆想總還會有人會信的，就像落後上千年的、宇宙世界萬物和人類的始生

的確一如《聖經·創世紀》一字不差描述的那樣子，這一樣到今天仍不少人堅信不疑（我們當然不反對用寓意的柔軟角度讀《聖經》的創世紀錄，那事實上非常有意思）。這誰也沒立即有效的辦法，神話信仰一如卡西勒所說也不是哲學論辯所可能拆毀的，只有交由時間，讓民智一點一滴進展來料理，著名的科學專欄作家卡爾·沙根將他的書命名為《魔鬼盤據的世界》，書名所指稱這個仍被各式各樣蒙昧愚見所統治的世界，不在遠古，而是現今；不僻一隅，而是全體。

然而，從甲骨文的角度來看，差不多所有關於人的稱謂果然差不多被奴隸所佔領了，廣大的自由人之字在哪裡？

「我」之命名

自由人在哪裡？自由的人如何命名？答案其實很簡單：不需要刻意的命名，去凸顯自身的自主無所隸屬，因為它是常態，是主體，是「我」，它只需要最平凡的泛稱，最沒有表情的記號，因此，它就只是「人」，　，　，　，不管或立或坐，或正面或側面，簡簡單單的人。

以今天我們對命名一事的諸多討論和理解而言，這其實已接近是結論或說是常識了——命名是由他者開始，是察覺到異樣的、特殊的存在，藉由一個稱謂，一個專屬的符號，將它由萬事萬物交織而成的混沌狀態給分別出來。因此，命名同時也是界線的賦予，就像小孩畫畫時常用（黑色，因為通常是最清晰不妥協的分割）線條將天上的雲、山脈、房屋、桌椅和其上的水果雜物云云加以框邊，好讓彼此不相滲透混淆，而我們曉得，除非在某種光影的對比情況下，真實物體的黑邊往往並不存在，因此，它並非來自視覺的模擬，而是內心的分類投射，我們要它單獨跳出來，無意識裡彷彿有一根手指頭堅定的指著它，就是它，像《聖經·創世紀》中上帝為畫和夜命名時所做的一

樣：「把光和暗分開。」

命名所賦予的界線，基本上是個半透明層，隔絕了內外，但並非從此封閉不動，就像單細胞生命和它的薄薄細胞膜一樣，它可以主動吸收它認為的養料，也可能被異物滲透或暴烈入侵，因此，這個界線又是可移動的，向內或向外，形成意義範疇的擴張或減縮，但不可以消失，界線一旦消失，命名也就跟著泯滅了，一度被命名的該物也重新沉沒於原初的渾沌之中，因此，界線必須存在，儘管我們幾乎永遠無法確定界線的真實位置，這造成我們想為任何命名找百分之百完美定義的困難，不管它是「人」、「愛」、「時間」、「憂愁」……云云，也就是誰曾經說過的：「當你不問我時，我很清楚知道ＸＸ是什麼；一旦你真問我，我卻完全說不出來它是什麼。」

所以，名小說家也是名記號學者艾可說，生命，是從有了界線開始。

相對於他者，「我」這個主體卻是個渾然的存在，視覺等等感官和思維的擁有，使我在六尺之軀的物理結構之外，同時也擁有一種非物理的、廣漠時間空間的流動本質和穿透本質，這種「萬物因我而存」，或謙遜點，「萬物同我而存」的「合一」感，讓「我」太像個不成形狀的、四下流竄的原生質，不容易架起界線，分割內外，命名遂反而被延遲下來。

界線要如何出現呢？和萬物命名那種「要有光，就有光」的俐落方式不同，「我」的界線則是「被迫」的──「我」不死心的試探，持續的滲透，從而一再的撞到他者命名完成之後所豎起的界線之牆，自東徂西，由南而北，「我」遂四下借用四面八方他者的既成界線，一點一滴的，一截一段的，大致收攏成自身克難式邊界並不得已承認之，這才完成自身初步的命名。

也因此，「我」的初階段命名，總是籠統的、過大的、非特徵性

片面指稱的（「我」習慣用萬物的某個別特徵來為萬物命名並記憶，但由於「我」對自身的全面性了解和掌握，使它無法忍受沿用這樣掛一漏萬的命名方式對待自身），帶著一種天真未解世事的自大。

就像美國西南最大印第安之國納瓦荷，他們當然不一開始就稱自己印第安人或納瓦荷，他們叫自己 Diné，勉強翻譯出來就只是很籠統的「人民」或「人」之意；他們稱自己世居這塊四面聖山（相傳由神和「第一個男人」仿地底之前一個世界所建）所圍擁的荒漠土地為 Dinetáh，意思也一樣就只是「土地」。中國之自稱中國的自我命名大致上也是這樣子，「中」是個相對的、因他者的存在甚至包圍才得以標示的命名，相對什麼？相對於東西南北那些你得承認他們獨立存在、不受你管轄擁有、不隨你意志而動、不能再騙自己「普天之下莫非王土」的異國；而這些異國異族所居的人形活物，我們也可毫不猶豫命名為「東夷」、「西戎」、「南蠻」、「北狄」之類的，而我們自身仍只是單單純純的人。

日本的天皇也是至今沒姓氏的（姓氏的起源也是人的一種再區分命名），堂而皇之的理由是日本當年開國時係由天孫下凡統治，本質是神，是根本不必也不可有姓氏的日照大神子裔，但其實一直不必有姓是因為日本極特殊的歷史，搞不好還是人類歷史獨一無二的，日本的天皇從沒被推翻沒被更替過（被殺被囚被侮辱被看不起是常有），萬世一系，石上生青苔，沒有對照的他者存在，因此就可以不必命名區分，像中國就沒辦法維持這渾沌的自大，因為一再改朝換代，誰也不再擁有命名之初的本質性至高無上，尊貴只是風雲際會一時一地的，平等才是人世間的最終極本質，因此別自欺欺人了，趁還可以趕快為自己找個神氣些而且別人肯承認襲用的好姓氏好命名，你不自己來，就換別人為你命名了。

小說中，第一人稱的「我」也是不必有名有姓的，我們後來得知

他的種種，往往是藉由他人之口講出來的，甚至藉由他人和「我」的諸多交織糾葛關係透顯出來的——除非像比方說中國老戲曲的那種老手法，上台人物總先要來一段自我告白，交代自己姓啥名啥、何方人氏、年齡大小、婚姻暨家庭狀況、做何營生，以及正在煩惱何事云云，讓民初那批樂於譏笑舊中國的讀書人多一事可挖苦，說從前的中國人可真是健忘，每天早上醒來都得先把自家資料複習一遍。

籠統的「我」的命名通常不會是命名的完成，而通常會持續的擠壓而收束下來——受什麼擠壓？受「硬實」的他者。隨著新命名的不斷發生，所呈現的景觀會有點像城市的成長，新的人為建物不斷占領閒置的空地，「我」的空間便不斷萎縮，最終它不能再幻想自己是所有無主土地的領主，它只是特定房屋、特定一方土地的所有權者，和眾生基本上共存於某種平等的地位。

「我」的命名過程，大致便是這樣一個由上而下、由膨風而緊縮、由模糊而清晰、由唯我獨尊而眾生平等的墜落過程，這同時也是「我」自我反思自我發現的過程，藉由他者堅實的存在，推人及己，認清自己。

原初那個神氣不可一世的命名可能還存留下來，像「中國」，但意義已因界線的改變而改變，沿用不察，只是全世界一百多個國家符號中的一個而已，平行列舉，依字母順序排行索引；或者有新的主體命名（如新國家的建立），在平等的現實景觀中，你當然依然可以叫喚自己一個「自我感覺良好」的漂亮名字，在不冒犯不侵擾別人的命名條件下，但我們曉得，通常它會順服歷史的線索或結論，沿用（容或小小的變形，動點手腳）既成習慣的稱謂，方便行事，而喜歡追根究柢的人往往會發現，這個自我命名的真正來歷常來自他者，因歷史的偶然而成立，就像兩百年前新大陸移民英勇獨立建國，而他們的「美利堅」，原來只是一位西班牙老船長的名字而已。

10. 奇怪的字

到此為止，我們看過了聰明的字、美麗的字、下賤的字、可怕的字、異想天開的字，因錯看錯覺而生的字，甚至還有預告了三千年後本雅明論述的字，燕瘦環肥賢智愚庸，這裡，我們來看一個奇怪的字。

　　這個字是「尾」，尾巴的尾，我記得當時我乍見這個字的甲骨造型時幾乎當場傻住了，它畫的居然是一個人，臀後伸出一根美麗的長尾巴來，怎麼會想用這方式來表述尾巴呢？自然界有尾巴的動物俯拾可得，為什麼要找上在進化路途上早已和尾巴告別的人類自身呢？

　　當時我心中瞬間浮起來的有兩個畫面，或更準確來說，兩段文字。

　　首先仍是賈西亞·馬奎茲的《百年孤寂》，那是老約瑟·阿加底奧·布恩迪亞因鬥雞事件殺人並出發建造馬康多村之前，彼時他和歐蘇拉剛結婚，但因為他們是表兄妹，而兩邊家族幾百年雜婚，便曾有生出「大蜥蜴」的可怕先例，「歐蘇拉的一位姑姑嫁給約瑟·阿加底奧·布恩迪亞的叔叔，生下一個兒子，終身穿鬆垮的袋形褲，獨身活到四十二歲，流血致死，因為他生來就有一根狀如螺旋錐的軟骨尾巴，尖端還帶一小撮毛。這段豬尾巴不容許任何女人見到，後來一位屠夫朋友好心幫忙，以大菜刀替他切除，他竟因此而送命」——也因此，新婚後一段時日，兩人的夜間活動變得很滑稽，歐蘇拉總要穿上帆布、皮繩外加鐵扣的貞操褲，以防丈夫強暴她，每晚，「夫婦常慘兮兮廝鬥幾個鐘頭，扭打似乎取代了歡愛。」

其二，是內舉不避親，朱天心寫年幼女兒《學飛的盟盟》中的〈盟盟的馬兒〉一文，這篇短短的文字記錄了當時女兒的內向和對馬的喜愛：「如此容易不好意思、怕人注意、更怕人訕笑的盟盟，好天氣時，每天仍然騎著馬兒上山，秋天的時候，入山前的基本動作是：折兩枝盛開的五節芒或狼尾草，一枝插在外公的褲腰上、一枝插在自己的褲腰上，搖搖擺擺更是兩匹俊美的大馬兒了。／山路上，遇到同校的同學喊她，她一臉嚴肅的謝絕同學的邀約：『現在不行，我要去放馬吃草。』」

於是，對我個人而言這個字漂亮起來鮮亮起來了，見字如見人，它幫我帶回來遺失在十年之前某處時光縫隙之中那個傻氣認真、才念幼稚園的女兒。

隨機選擇

然而，究竟是大蜥蜴一樣的布恩迪亞家族近親通婚的畸形兒呢？還是秋日午後插著五節芒或狼尾草的女兒昔日呢？

理智來說，答案可能接近後者。我們稍加留心絕不難看出來，字中那個怪人所生長的奇怪尾巴，其實我們應該覺得似曾相識，類似的圖形也出現過「無」字那個人的手上，這裡幫大家回憶一下，免得還要費勁去翻找──無，即「舞」的原形字，　，這個大喇喇起舞的人，雙手拿的，不正就是我女兒褲腰上插的五節芒或狼尾草？不正就是「尾」字怪人的怪尾巴嗎？

因此，我們似乎可合理的推斷，這不是真的尾巴，以返祖般的記憶人類的從來之處，或悲傷的牢記一則曾有的人倫慘劇以為戒，而是某種人造物，可裝卸的，大約仍是節慶或祭祀時的某種裝扮。

但問題仍在。尾巴四處都有，幹嘛要如此曲折兼嚇人，找個人造

物來以假亂眞呢？今天，我們以事後之明來說，不得不感受到造字者
的苦心積慮和細膩，在我們所見過的動物象形甲骨字中，有著漂亮捲
曲長尾巴的大概是虎（　　）和犬（　　），但這尾巴理所當然
的長在「對的動物」的「對的位置」，太對了，所以要怎麼樣才能區
隔出來，讓看字的人把目光焦點順利轉到尾巴部分而不是一整隻動物
呢？當然，借助指事符號的橫槓游標或曲線游標是可行的辦法，可是
造字的人們沒選這條路，他們信心滿滿的從第一感的實存世界跳出
來，選用更奇特、更惹人驚愕從而不得不看到那根怪異尾巴的造型來
固著訊息，我不曉得其他看到此字的人怎麼想，至少我個人眞的很服
氣，服氣他們大膽且生動的想像力。

　　春江水暖鴨先知，拌嘴的人會說，鵝也先知，魚也先知，靑蛙水
蛇螃蟹包括精緻滑翔於水面的水蜘蛛無不先知，爲什麼造字的人厚此
薄彼，非要選用這種表達而不選用另一種表達呢？

　　這就是造字的隨機性──豈止造字而已，我們整個人生也充斥著
如此的隨機性，你得時時做出抉擇，有時無關好壞也根本沒辦法考慮
太多太久遠之後的可能成敗利鈍，戀愛如此，婚姻如此，人生諸多大
事很少不在這種前途不透明卻又得迫切做出決定的狀況下奮勇前進。

　　在街道呈棋盤狀的大台北市坐過計程車的人想必都有類似的經
驗，你很清楚自己想去的地方，然而，當計程車司機客氣問你走哪條
路線好時，你心裡知道這其實沒差，會到就好，因此，有人乾脆認準
其中一條到底平息麻煩，有人服膺孫中山在三民主義演講稿中相信專
家的上海搭車經驗，推給司機做選擇，我個人是後面那種人，我的回
答總是「方便就好，看哪條路線好跑就哪條。」

　　造字的選擇大體上便在類似目標明白、但抉擇介於有道理的認知
和無須非有道理不可的偶然機遇中完成。比方說「公平」這一抽象概
念，老實說，我們抬頭可見的長短一致或平坦的東西如地平線應該不

至於太少,而中國文字中的「法」字從水,用水由高就低的流體特質就是個相當漂亮的選擇,我們很容易想到,水不僅在形態上呈現所謂的水平,而且它彷彿還存在著某種意志(我們現在當然曉得是地心引力在作怪),會讓不平趨於平坦,從而讓公平的概念、法的概念不僅僅是靜態無味的描述,而隱含了動態的矯正、分配之類線索;而在古埃及,同樣的概念,他們隨機選用的則是當地某種鷹類的飛羽,用這個長短一致且紋理清晰分明的自然之物來代表公平,並兼有著強勁有力、能支撐高飛沖天的漂亮意象。

當然,早些時中國的「法」字比較麻煩,寫成「灋」,字裡面明顯藏了一隻很像鹿的動物,這據說是一種單角的神羊,名叫廌,又叫獬豸。據說皋陶(包青天之前中國的法官代表人物)治獄時犯人有罪時就叫神羊用角觸他什麼的,這有點語焉不詳,老實說我個人從來也沒真的聽懂過,這極可能關係著一則遺失的傳說或歷史典故,讓我們眼見呼之欲出的滿滿訊息硬是封錮起來,非常可惜,饒是如此,它左邊一樣借用水的意象和特質仍是非常非常明白的。

後腳站立的動物王國

最原初意象的選擇可以是任意的、隨機的,但一旦選擇確定,往下據此而來的發展便得受到這個選擇的制約,就像你在空白的平面上任意選一個點當座標原點意思一樣。

有關這個任意性和制約性,在《中國古代社會》書中,許進雄先生曾問到個有趣的問題:為什麼甲骨文中的四隻腳野獸總是站起來?像用後腳直立起來似的。

這讓我想到英國推理小說最特別的一代女傑約瑟芬・鐵伊關門之作《歌唱之砂》書中以詩呈現的大謎題:「說話的獸/靜止的河/行

走的石／歌唱的砂／看守著這道／通往天堂之路」——這首奇怪的詩被留在凶殺的火車臥舖車廂裡，逗人遐思。

當然，不管有多少人殷殷期盼，天堂從沒有降臨過世間，在造字時代的中國自不例外；而動物在中國這塊古老大地之上的演化亦沒發生太動人的奇蹟，因此，也從沒有過一個高智慧、直立行走的神秘動物王國如小叮噹漫畫故事在此存在過。

這些馬、豕、兔（ ）、象、虎、犀牛等等何以一個個站起來呢？答案再無趣不過，許進雄的答案是受到書寫工具的制約——彼時甲骨文的主要書寫工具乃是日後沿用的竹簡，以毛筆沾墨汁書寫其上，正因為竹簡狹長形態的制約，中國這些尋常獸類只好虛擬的走上夢幻的進化之路。

有關甲骨文的書寫工具問題，許進雄有各種角度的漂亮證明，好奇的人可直接去買《中國古代社會》閱讀，這裡，我們只摘出甲骨文宛如目擊證人拍照的部分——「聿」，筆的原形字， ，是人手持毛筆的畫面；「書」， ，拿毛筆沾墨汁的畫面；「畫」， ，持筆畫出圖樣，最早可能和織布有關；還有，我們已見過的「建」， ，氣魄十足的進行大路興建規劃工作。另外，「冊」，最早代表書籍的字（台語今天還這麼念，「讀冊」）， ，標準用繩子穿成的竹簡模樣；「典」，重要的書籍文本資料， ，雙手恭敬捧著一疊竹簡的模樣；然後是「刪」，弄錯了要予以去除的意思， ，是書冊之旁再放一把小刀，這小刀不是刻字用的，而是拿來削去寫錯的部分重寫，也就是最早的橡皮擦、立可白云云。

這其實非常非常合理，製造業不發達的彼時人們，所選擇的日常書寫工具，必定得是方便、易得、取材不虞匱乏的自然材料，所以古埃及用紙莎草，印度用在地某種大樹的大葉子，古巴比倫遍地黃砂，

則用水和成泥版在上頭寫他們的楔形字——相對來說，牛的肩胛骨和大龜的腹甲實在是太昂貴太昂貴的珍稀材料，也正是它們的珍稀難得才保證了它們的神聖力量，而成為權力擁有者獨占的問卜工具，問重要無比（掌權者以為的）的國之大事，事實上，在《左傳》中還有靈龜國之重寶引發覬覦的記載，而周代的蔡，據說就是負責保管掌理周天子占卜所用龜甲的重要諸侯。

如果甲骨文時代的一般性書寫工具真的是甲骨，那我們得禱告千萬別出現像托爾斯泰這樣才華洋溢、格局恢宏的大小說家，否則一部《戰爭與和平》還沒寫到拿破崙出兵攻俄，中國的牛隻和烏龜就已宣告絕種，我想誰都不樂見這樣的情事發生。

好，用竹簡，但竹簡為什麼不能擺橫了來寫呢？事實上許進雄也跟著這麼問，但沒為什麼，事實上就是沒有，彼時中國人二選一決定了直式書寫，這個任意的、隨機的結果，相當程度制約了往後的字形發展，也相當程度制約了中國人往後數千年的書寫習慣，甚至在發明了其實可以高興怎麼寫就怎麼寫的紙張之後，仍乖乖的由上而下由右至左，甚至還仿昔日竹簡畫上垂直線條自我設限（如十行紙、筆記本等），一直到西風東漸洋文已傳入多年後的今天，橫氏書寫才在宿老凋零殆盡的情況下緩緩抬頭，不再被斥為異端媚外。

托爾斯泰的歷史圖像

隨機的、任意的選擇，以及選擇成立之後的有效制約，或應該更正確的說，眾多的、無法追蹤記錄掌握的隨機選擇，以及因之而來無法追蹤記錄掌握的有效制約，在如此麻煩景況下蜿蜒前進的文字發展軌跡像什麼？我們剛剛提到托爾斯泰的《戰爭與和平》一書，也許真的最像托爾斯泰在這部偉大小說中所為我們揭示的人類歷史圖像。

　　在《戰爭與和平》中托爾斯泰為我們揭示一個誰都茫然的戰爭圖像，戰爭太大，人太小，即便你親身參戰，但戰鬥一起，左邊不知道右邊，前面不知道後面，所有的人，所有的機遇，所有的瞬間抉擇全參與了作用，誰也沒能力看到、聽到、記憶到、記錄到、串連到足夠的可用資料來建構正確的認知，從而做成正確的解釋，不管你是白刃交加的第一線士兵，因為你只被那寥寥幾個想殺你的敵人困住，救死不及，無暇他顧，也不管你是統帥全軍的拿破崙或庫圖佐夫，你真正管得到的就帳篷裡那幾個一樣焦急無知的幕僚，你只能等待戰鬥的結果並名不副實的一肩承受，戰勝的榮光，或戰敗的屈辱。

　　甚至，戰鬥收場的勝負判別往往也是荒謬的，雙方旗鼓相當，殺敵人數也可能相當，但忽然一方「覺得」自己打輸而敗退，另一方忽然看到對手逃逸而本能的乘勝追擊，輸的人不曉得自己怎麼輸的，贏的人更茫然自己就這樣贏了。

　　托爾斯泰相信因果，每個人、每個偶然、每個當下的抉擇都參與了、制約了最終結果，但因果之鏈存在，卻不等於我們可以弄懂它，因為原因的數目無限大，而每個個別原因的效果又無限小，因此，歷史唯有通過這無限原因的「積分」才可能明晰，但這又是做不到的，歷史不是數學，你無法搜集、記錄、整編這無限大的原因加以運算，而且每個原因又是不等值、不均勻的，無法建立算式。

　　從托爾斯泰這樣「腐蝕性極強」（以撒‧柏林說的）的歷史懷疑論圖像，可跳接百年後壞脾氣哲學家卡爾‧巴柏的結論：任何自稱找到歷史規律、知道歷史必然走向的人，要不是個瘋子，就一定是個騙子。

生病的意符

　　說到瘋子騙子，這裡打岔一下，我們習慣聽說也習慣跟著說這樣的文字歸納性解釋：「子是男子的美稱」，因此，孔子是美好的孔姓男士，莊子是美好的莊姓男士，這沒問題，但準此要領，那是不是說瘋子也就是發神經異想天開的好男兒，而騙子則是愛說謊愛編不實故事的可敬男性呢？除非這用來指稱以想像力為體、以編故事為用的可敬小說家如張大春才差堪成立，否則所謂的「美稱」可能是不盡然的，此外，還有痞子、傻子，以及已經涉及人身攻擊的禿子、聾子……

　　因此，我個人寧可相信，在最原初，子就只是男性的泛稱，甚至更素樸更廣泛的，人的基本泛稱（造字用字，的確如女性主義者所指控的，有甚多男性觀點主宰之處，比方說「人」的造型不管或立或臥，𠆳 或 𠃊，都暗示了男性，女性則要特別另創造型，摹寫成 𡡗，這是彼時的歷史實然，文字只負責留下罪證而已），不必然表達敬意，也不必然心懷鄙視，然而在歷史的長期使用過程中，一部分子字遇到好人家向上提昇，另一部分命運乖蹇向下沉淪，一個紅海兩邊分開，遂有好子，也有壞子。

　　文字發展，便在如此有效因果又隨遇而安的作用下，不可能測準，甚至製造笑話而習用不知，你可以斤斤計較，像個討厭的人（比方說「好好先生」明明原來是罵人的貶辭，你怎麼可以用來恭維可敬的自家父親和國文老師呢？）；也可以沿用不疑，做個快樂的豬。

　　這裡，我們再來看兩個形聲意符的意外轉向，兩個都不是我們太喜歡的「部首」，生老病死，人生永恆而真實的苦難其中兩大項，生病的「疒」和死亡的「尸」。

有關「疒」的字，我們其實一大早就見過一個，那就是「夢」
（　　），睜大眼睛在睡覺時還看到東西的人，這個「疒」，在最
早的甲骨造型其實摹寫的就只是一張有牀腳的牀而已，　　，後來
才補上「木」的意符而正式寫成「牀」或「床」——這裡，因爲文字
線條化演進的偶然結果，後代的我們逐看不到夢字裡頭的　　成
分，一如牀字也同時演化成「疒」字邊的床一樣。

夢是不是病呢？或說有沒有疾病的暗示，在佛洛伊德出現之前？
可能有此聯想，但更主要的，可能是神秘的、啓示的宗敎性洞見或預
兆，這太多人談過，不在這裡麻煩。這裡，比較明確的橋樑仍是具體
的牀本身，在甲骨文中，「疾」字的造型基本上有兩組（病是形聲
字，出現較遲，亦未在甲骨之上現身）：一是中箭，　　；另一組
比較精采，以牀爲基本場景，躺著各形各狀冷汗或鮮血直流的人，如
　　，以及懷孕的女人，　　。

然後，這個臥病於牀的人可能就此掛了，逐成爲另一個甲骨字的
這款模樣，　　，「葬」字，當然，牀上的死者是已經符號化的朽
骨替代屍身，不眞的把人置放到如此地步不加處理。

甲骨文時代，在牀上的活動紀錄差不多就這麼多了；掙扎的夢、
臥病的身體和死去的人，大概也因爲這樣，文字中　　這個意象逐
沾染著相當程度的不祥，暗示著痛苦和死亡——於是，一張靜止的
牀，半合理半魔幻的，成了中國人肉身變異、衰竭、死亡的象徵。

這個今天我們很可能得說「病字邊」人家才聽得懂的「疒」形部
首，字典裡正確的讀音仍忠實的念成「牀」，它的形聲新字在周代的
篆字大量出現，隨便收集都有好幾十個，包括勞累的「疲」、
「瘏」，各個不同部位化膿生瘡的「疕」、「瘍」、「疥」、
「痔」、「癰」，長痱子的「痱」，頑癬的「疻」，瘤子的「痤」，
頭痛的「痛」，腹病的「疛」，熱病的「疢」，寒病的「瘁」，關節

炎的「痹」，腫瘤的「瘊」，無傷口腫起的「疙」，創口癒合不了的「疺」，惡臭之疾的「痞」，痠痛的「痟」，當然也有不幸中之大幸的小病「疵」，更好的病癒逃過一劫的「瘥」和「瘳」，此外，也還有一堆不好追踪，但並非不能猜測的病名和疾病相關文字如「痟」、「瘭」、「瘷」、「瘟」、「疛」、「癃」、「疿」、「瘩」、「疺」、「癱」……

　　絕對不是說周人比商人體弱多病，這只是醫學有了長足進步的直接證據，儘管我們很容易注意到外部之疾遠多於內部，對病徵的注視遠勝於潛在病因，但總比甲骨字的卧牀等死強一些。

更命運悲慘的意符

　　更倒楣的，相較之下，是「尸」，中國文字中最命運乖蹇的意符。

　　「尸」字本身大致有兩種解釋，一是很高貴的神像神主。儘管祭神如神在，但面對虛空而拜終究有點無聊，因此就連最痛恨偶像的基督教都要偷渡個符號性的十字架，乃至於具體的耶穌受難雕塑什麼的立聖壇之上，讓膜拜者情感得到焦點。尸便是這個，由人替代神杵在那裡，供人祭拜，但基本上它只是祭祀用標竿，不是乩童那種三太子、城隍爺附身得來點李棠華特技什麼的，這個安靜站好的替代品什麼也不必做，大概也因此才演繹出「尸位素餐」這句今天我們仍時時拿來恭維政府官員的成語；「尸」字的另一種解釋很簡單，就是屍體。

　　得勝的是哪一個呢？常識來看當然是簡單的那一個，死亡的那一個——傻傻當神像神主這個祭拜傳統逐漸不傳（老實說，這種以活人扮演死者的儀式行為，本身也多少透顯了死亡的意象），「尸」的神

聖性解釋當然也就跟著隱沒了；倒是「尸」、「屍」同音，字形又一脈相承，因此不管是異字同音的自然而然簡併作用，或是較難寫的「屍」字以較易寫的「尸」字為書寫簡體，總而言之，死亡贏了。

但天可憐見，這絕對是意外，絕對不是原意，我們從甲骨文的原始造型（如尾字）來看，這「尸」明明就只是個人而已，和其他字的人形沒絲毫不同，一樣頂天立地，好好一個活生生的人。

其實，我們從文字演化的實際成果來看，「尸」的符號意義，並不真的就是死亡，死亡是它最終的單字意義，以及我們對這個字從聲音到形態的自然聯想。「尸」字的符號意義，難以名之，姑且可稱之為「人身的形而下部位及其產物」。

「尸」字符號的真正霉運不是成為一具屍體，而是求死不能，一路直往溷廁污穢之地墜落的際遇。我們知道，有人形符號的字在甲骨文中大約是數量最大的一組，而在演化到篆字→隸字→楷字時，別人大體都順利變身為「亻」或「人」形，也有相當一些化入其他線條中消失不見（如「昏」字，　　，我們見過的，原來那個彷彿一腳踩住太陽的氣概萬千人形，演化成為「氏」字），就只有寥寥這麼幾個孤獨走這道路，幻化為「尸」（　→　→　→尸），偏偏變成尸的字不雅的比例相當的高，尾字說來已經是其中很文明的了，等而下之，有器官組的「尻」、「屌」、「屄」等，以及排洩組的「屁」、「屎」、「尿」等。

眾惡歸之，「尸」形符號當然沒得罪誰，搞鬼的仍是那一個，文字演化中隨機的、偶然的無盡意外。

文字的離心力量

偶然，乃至於錯誤的不稍歇滲入且不斷對文字的發展起重大作

用，這是文字本質裡的邋遢成性，但也是文字的自由——有潔癖、太講求秩序的人，基本上，很難忍受成為一個自由主義者。

文字是建立於共同記憶的符號，由因之而生的契約而成立，它的確有愛乾淨、尋求秩序分明的天性，這個明朗而且生活習慣良好的部分，構成了文字的堅實核心，也是那些愛乾淨、愛秩序的文字使用者（比方國文老師，他們所學、所負責的便是文字的每日清理打掃工作）最珍惜的所在，因此，能力所及，他們會在課堂不斷教導糾正我們哪個字其實是錯的、意思不是這樣的，不該這麼念的，不該這麼寫這麼用的，還會利用個人的閒暇投書報紙來指摘來呼籲，而且，每隔一段時日有其中某人或某一部分人掌權時，往往便會促生一次文字的全面統一工作（如秦朝小篆的「書同文」，這我們在往下〈簡化的字〉時再談），這種隔一陣子來一次的文字大掃除是必須的，不過度剛愎肅殺的話也是好的，讓符號和意義的關係再確認，文字穩定、放心，像複雜道路網絡整理出清楚的標示，開車馳騁於意義之鄉的人不迷路。

但掃地的人都知道，掃乾淨了仍然還會髒亂，這種事沒一勞永逸這回事。

正常的文字總體圖像差不多總是這副樣子：一個可靠、秩序井然的堅實核心，外圍一圈模糊、紊亂、屢屢是意外和錯誤的灰色地帶，不是誰要它長這德性，而是因為文字得永遠是未完成的系統，以此銜接著更外頭那個永遠在生長、永遠處於流變之中的總體現實世界、那個意義的渾沌大海。文字的界線，如我們談過的，只能是半透明層，因此，在它努力汲取意義之海的資源維生同時，也就得一併承受意義波濤的持續拍打衝擊，就像討海生活的人家——有點常識的人都曉得，保留鄰海這一圈空地任它自由荒蕪是必要的，傻瓜才想占領它蓋房屋別墅，那叫做明白而立即的災難。

　　而這圈不強加占領的自由土地，儘管有凶險（看報紙我們知道每年總要捲走淹死定額的玩水之人），卻往往是最美麗、最吸引人來的地方，生態獰猛但複雜強大，因此生意勃然，辛苦勞力討生活的人來，弄潮嬉鬧的人來，談戀愛的人來，無事遊手好閒的人來，實在厭倦於壅塞沉悶城居生活、不想再滿眼人工建物的人來，也許還夾雜了少數較敏銳較勇敢的研究者於其中——我們稍稍站遠點看，就很容易看得出來，它包圍了堅實的文字核心，彷彿一圈似成形未成形的光暈，非常漂亮，像梵谷《星夜》那般旋動流轉。

　　自由是什麼？自由是保護偶然和錯誤的，而不是保護秩序的。自由一方面是懷疑論者悲觀主義者，它根本性的懷疑秩序的終極能耐，打死不相信誰能預見未來一切變化，從而先畫好完美秩序藍圖等在那兒；但自由另一方面卻樂觀勇敢且體貼入微，它肯定偶然和錯誤的價值，它勇敢進入偶然和錯誤的風浪之中，撿拾幾乎只在偶然和錯誤之中生存的想像力，並轉身慷慨贈予它所不信任的秩序，以為他日更好秩序更新生長的建構材料。

　　這就是文字系統的離心力部分，相對於文字系統的統一向心力並予以平衡，沒有這個自由的向外離心力量（假設的，不會真的發生），文字會被森嚴的秩序統治而不斷內聚，這像垂死星球的重力陷縮現象，不斷往內陷縮，從而又不斷增加引力產生更大的陷縮力量，最終，就連宇宙中最輕靈、最自由的光子都無法逃逸，這就是我們都聽過的「黑洞」，完全無光的所在，滿天星體中最可怖的現象。

全世界最美麗的尾巴

　　自由和完美絕不相容，因此文字統一工作背後所隱藏那個完美文字的終極奢望，於是也絕不可能——文字是一個不會有終極完成的符

號系統，只要時間還在發生作用，外面的世界還更迭變化，意義的海洋一天不枯竭不靜止，文字便得保持開放，繼續嘗試（並犯錯），繼續做事情，不能關門休息。

而文字核心的統一部分，恰恰好是文字系統中「暫告完成」的靜止部分，要用靜止的文字去對付奔流不息的意義，這不就是「刻舟求劍」的老故事嗎？——這個由傻瓜實踐出來的聰明故事（你看，傻瓜會為我們帶來這麼好的故事，沒騙你吧），為我們揭示一個有意思的畫面，那就是文字系統像一艘平穩不易察覺、漂流於意義大海的船，你試圖在移動的船身刻下固定的記號，只因為我們並未察覺，在那一刻我們事實上已同時動身離開。

要如何對付移動中的意義如捕捉一隻振翼而飛的鳥呢？首先，你就得讓文字也跟著動起來不可。這至少有兩個面向，一是文字本身的輕靈彈性，不能要求它拖著沉重的裝備，既成的文字成果供給它材料，但發現合用趁手就勇敢拆下來，因為你此刻的身分是獵人，而不是博物館管理員；一是文字必須保持在現實世界之中，保持在意義的第一線，在這裡，你才能找到如卡爾維諾所說的，點燃意義的火花。

火花是個很好很準確的意象，為什麼？因為文字終歸不相等於它所表述的事物、概念和意義，文字只是其線索、謎題、痕跡和密碼，功能就像炸藥的引線，你在這頭要能打得出火花，那一頭的意義才能燦亮爆炸開來。

文字只是線索、謎題、痕跡和密碼，這些玩意兒都只是為著引導解開最終的意義而存在，因此，它不僅不需要視為神聖，更是可捨棄的——我們喜歡甚至尊敬並學習好的文字，從這層意義來看，是因為它是好線索和好謎題，精準打出彼時的火花，我們傾慕的正是這份富想像力的聰明，但在漫長的解碼猜謎過程中，如果它賴以成立的共同記憶部分，已因現實情境的改變而流失、湮滅、失憶，讓線索中斷痕

跡不再可辨識，那你就得換一套人家猜得到的新線索、謎題、痕跡和密碼。

唯名論的毛病便在於跳過了文字的線索意義，直接誤認文字就等於指稱的事物本身，於是謎題遂不可更動不允許替換，遲早上了神聖的供桌，這正是文字的異化——而唯名論的預備軍，正是那些清掃文字久了、相信哪個東西一定只能置放在哪裡才叫「純正秩序」的頑固之人。

被廣漠無垠意義海洋包圍的小小文字孤島，不斷遭受意義波濤的拍打侵蝕，也不斷聽見意義潮聲的召喚，它的工作多且沉重，往往力不從心（這不必看張大春揭短文字的一篇篇小說，我們都知道文字是個滿身缺憾的符號系統），步履紊亂在所難免，它需要的東西可多了，至少包括勇氣、堅毅和想像力，而不只是滿口怨言、絮絮叨叨不停的負責掃地之人而已。這些掃地的往往不曉得，他們所誓死捍衛的美好成品和秩序，是很久很久以前一些勇敢、自由、富想像力因此不可能太愛乾淨的人捕獵回來的，他們當時在捕獵的間不容髮時刻，耳旁可能也一樣響著「純正文字」、「純正文字」的煩人聲音。

就連我們這個愈看愈漂亮的　人　字也是如此——這誰都知道是假的，是錯的，純正的尾巴哪長這裡，哪長這樣子。但這真的是一條好尾巴，有卡爾維諾要的火花，一下子就抓住你眼睛，全世界再難以找到一條最美麗最獨一無二的尾巴。

11. 簡化的字

麤→塵→尘

上頭這三個字基本上是同一個字，差別首先只在使用它們的時間不相同，到目前為止，中間那個「塵」字我們和它相處最久，但也許最後那個中國大陸共產黨予以簡化的「尘」字會後來居上也說不定——我們應該可以講這是塵字的過去，現在和未來，希望這個說法沒任何政治意涵於其中。

其次，它們的差別在於我們一目瞭然的筆劃問題：過去高達三十九劃，現在是十五，而未來只有六——這使我想起小學時的一則笑話，說兩個搗蛋的小小孩被老師罰寫自己姓名一百遍，其中一個馬上哇一聲嚎啕大哭起來，老師說：「他都很勇敢不哭，你哭什麼？」哭小孩悲從中來說：「可是他叫丁一，我叫歐陽宏耀。」是的，人生而不平等，包括姓名筆劃在內。

最該嚎啕大哭的那個「麤」字我在甲骨文中沒找到，但我幾乎敢勇於斷言這絕對是當時就造好的字，只有那個時代的人才會把字給造成這副鬼樣子，這麼難寫，以及，這麼漂亮。

只有那個時代的人，有疏闊的時間刻度，閒著也是閒著，一輩子難能寫大字幾個，才可以好整以暇的用一整幅畫，只為傳達這一個字的意思——我們說過，這自由不羈的鹿，是彼時人們美麗的象徵，三頭大鹿這樣同時受驚撒腿奔跑起來，這樣震撼而且生動的眼前畫面，若說要傳達的是「飛塵蔽天」的塵字壯麗意思便也罷了，但如果搞了半天，要我們看的只是懸浮在空中的微粒狀小塵埃，說整幅畫的視覺焦點就在這裡，這實在有點太扯了。

這裡，讓我大膽來權充那種繪畫技藝周全、但沒名氣可能也沒足夠原創性的某某畫家，幫忙修復《最後的晚餐》或某一幅被神經病瘋子潑油漆或用刀割裂的名畫一般，也把這個遺失的甲骨字給重建回來，應該大致是這個模樣吧，[甲骨文圖] ——我想，這是一幅記憶之畫，而且猜測應該出自於某一位敏感且有運動家氣度的失敗獵人之手。狩獵追逐（逐，[甲骨文圖]，獵者腳步緊緊跟在一隻野豬之後，當然，正如我們講過的，追趕的獵物可代換為象和鹿等其他獸類）那說時遲那時快的電光時刻，是不可能暫時停格下來畫好再繼續追捕；而如果追捕成功，從人性來說，胸中的畫面又會被豐收的極樂景象給 update 掉。因此，便只有最終眼睜睜看著三頭美麗大鹿絕塵而去，這個景象才駐留下來，魂縈夢繫，而且非告訴別人，甚至想辦法有圖為證，否則那幾天就難吃難喝難睡了。

在我們小時候鄉下，每個人都有幾條差點釣到、甚至拉出水面看到牠樣子才脫鉤掉回河裡去的魚，這些令人扼腕的魚據悉總是最大的，每個釣魚的人心版中都拓印著好幾條這種傳說中的魚。

但對於後來並沒參與創造的，只跟著依樣畫葫蘆的文字使用者卻不是這麼回事，他們所能分享的不是昔時的美好圖像，卻是咬牙切齒的書寫麻煩，甚或嚎啕大哭的書寫懲罰，看來這最好解決一下——反正不管是飛塵蔽天的壯麗景象，或僅僅是名詞指稱的顆粒狀小塵土，單一隻鹿沒命跑起來難道塵土就不飛揚：為什麼非要搞個三鹿成群不可？這裡，理性得勝，感情退縮回幽黯洞窟之中，於是，一隻鹿的「塵」字遂正式取而代之。

再然後，時間飛也似的來到一九四九年，中國共產黨在大陸取得完整的、絕對的政治權力，這是個總急著超英趕美、急著進入下一個歷史階段、對寸陰寸金有著高度焦慮近乎神經質的革命政黨，他們決定就連文字書寫這一絲縫隙時間都要省、都要緊攫在手，遂全面性的

簡化文字。這回，還是不怎麼好寫的「塵」字也沒能躲過，這隻倖存了上千年的鹿遂在中共政權之下正式滅種，而成爲簡單會意的字「尘」，小小的泥巴粒子。

其實每時每刻在進行

塵字的一字三折，套句名小說家張大春的用語，只是「一個字在時間中的奇遇」，以此做爲文字簡化的樣板，其實文字簡化絕非這樣千年一次的時間跳躍行爲，毋寧是綿密的、隨時隨地發生的，概念上比較接近連續而不是暴衝；此外，做爲文字一員的塵字也不是什麼得天獨厚的文字簡化選民，而是和其他所有文字夥伴併肩走上一去不返的歷史簡化之路，最多只是大家運道不同遭遇不同，簡化得並不均勻而已。

因此，「」→「塵」→「尘」無疑是個太過簡易的方程式，至少至少，我們其實應該把它強化成大致這個樣子：

如此一來，我們便看到中國文字的幾個簡化大階段了，其中是兩周的大篆，圖像開始向線條演化了；再來是戰國到秦代的小篆，線條開始均勻起來，條理化起來，好像線條已找到自身的美學形態，隔離了實像；再來是秦漢之後的隸書，曲線基本上已拉直成橫線和直線，出現所謂「蠶頭燕尾」書寫方式的偏扁形字體；最終的「塵」則是魏晉之後的眞書，也就是楷書，更就是民國三十八年之後沒住大陸且持續使用中國文字的我們，到目前爲止所認準的塵字

正體。

「實像」→「曲線構成」→「垂直／水平構成」，這和荷蘭知名抽象畫家蒙德里安的演進方式完全一樣，他的「樹」、「教堂」、「風車」和「海浪／防波堤」系列無不如此。

然而嚴格來說，這些大階段的文字簡化分割，基本上都是追認性質、整理性質的，文字的簡化，是先在使用過程中自然且連續性的發生，到差不多已轉變完成，才由政治、社會的掌權者予以正式確認，必要時，並頒行新字體的標準版本，來一次必要的統一。

包括我們印象裡最有統治自覺的，最使用政治強力的秦朝「書同文」文字改革，也是整理的性質大過於創新——秦的小篆改革，之所以比較特別，主要是多了一種歷史的偶然原因，那就是西周的武裝殖民擴張政策（諸侯分封），到幾百年後的春秋戰國割據分立，使得原先雖不嚴謹，但基本上同屬一支的文字，隔離性的各自線條化數百年之久，因此，到得戰國後期，已明顯看得出各國的差異了，比方同一個「馬」字，我們今天可看到的景況便是——

（秦）　　　（齊）　　　（燕）　　　（楚）　　　（三晉）

面對這個逐步擴大、但尚未構成辨識性困擾的文字差異現況，以戰勝國之姿君臨天下的秦，當然非要做點事不可，於是他們當然以秦的文字為主，要大家向中看齊——後來我們把小篆看成秦相李斯的純發明，並以此整體構成秦始皇貶古重今、把傳統一傢伙打爛丟棄的革命形象，至少就文字這面來說不全然是事實，我們可以相信主事的李斯有某種程度的判斷和調整自主空間，加進某些自己的發見創造是可思議的，參酌某些其他各國的文字演化造型或靈感也是可思議的，畢

竟李斯是個有相當實力的書家（彼時文字學者和書家應該是二而一的、不分割的），他親筆的泰山刻石小篆，那可真的是漂亮得不得了的字。

但無論如何，這是和共產黨的文字簡化不同的作為，不是全然由上而下，行於社會的實況和需求之先的改革，更不是意識形態主導，心中尚另有意在沛公的非文字性目的改革。秦的文字改革絕對有現實的迫切需要，而這需要的確是以文字自身為主體的。

埋於自身的種籽

簡化其實時時在進行、處處在進行，那是因為文字演化結構性的無可避免，我們仿共產黨馬克思的句法，文字自身即埋藏了自我簡化的種籽，它就是自身複雜性的掘墓人。

埋藏在哪裡呢？埋藏在文字扎根所在的共同記憶土壤裡——我們談過，文字是腳印，是痕跡，是線索，是密碼，如果共同記憶這個部分堆積得愈多愈廣，我們所賴以解碼的線索需求也可相對的降低，而文字在實用過程中，本身就為使用者堆疊了更多的記憶，從而更節約更快速的完成溝通，因此，除非尚有其他目的（審美的、誇示性的），否則書寫者不用精緻費事的去畫三隻鹿，觀看者也不用傻等那麼長時間才看懂你要幹嘛，這種文字使用自身所必然形成的你知我知掌故，也就必然驅趕文字的持續簡化、線條化、符號化。

因此，文字的由繁趨簡走向是普世性的，每一種文字系統都一樣，簡到什麼地步呢？簡到就符號本身已發生混淆，得靠情境和上下文的線索輔助，才能堪堪支撐住解碼需求的地步還持續進行不休，比方說英文世界的字首縮寫簡化方式便在近幾十年內大量且加速的出現，你得仰靠其他配合文字的輔助乃至於文字外的線索（語氣、表

情、個性理解、日前的談話、存款數字的變動與否、信用卡帳單等等），才能知道你家老婆大人所買的 CD，究竟只是幾十（夜市盜版）幾百（店裡正版）塊錢的新歌專輯呢？還是大家得坐下來懇談一番說好下不為例的昂貴克麗絲汀‧狄奧的某套裝某皮包某名家設計珠寶？

　　這個普世性的文字簡化趨向，也一樣在每個文字系統促使兩種、甚或兩種以上繁簡不同書寫方式同時並存的現象──比方說，古埃及文便同時存在三種書寫方式，最麻煩的一種希臘文稱之為 Hieroglyphic，意思是「神聖的」，主要使用在廟宇、紀念碑或墳墓壁上，這是最美麗也最費事的圖形字體，目的不是要傳遞日常訊息，而是虔敬、美觀的展示性需要；其次一種希臘文稱之為 Hieratic，意思是「教士的」，使用於紙莎草的書寫上，可能因為主要是宗教性的祭文或讚美詩，這是較簡化較快速的行書字體；最後一種希臘人稱之為 Demotic，民間的、大眾的，出現的時間稍晚（堆疊文字自身掌故的必要延遲時間），字體也最馬虎，看起來只是零亂不堪的點線而已，這就是古埃及文的通俗字體，用於一般的行政記錄文書上。

　　中國也這樣，小篆和隸書重疊很一段時日，主要是秦的大征服行動和苛刻法令，在短時間製造出太多奴隸來，迫切需要一種更快速更簡化的書寫字體來應付日常文書作業，這就是隸書之所由來和得名的原因，是小篆統治時代的通俗字體並在他日扶正；另外，在楷書為主體的階段，中國人同時又發展出書寫起來更快更方便的行書和草書，就像古埃及的三種字體並存一般；還因此促生了東鄰日本的兩套字母系統，規矩板正的片假名，用於莊重的專有名詞，以及稍後出現可龍飛鳳舞的平假名，用於日常書寫。

兩種逆向行駛

這裡，我們得稍停一下，解決一個小問題，那就是在文字簡化不歸路上的一次例外反挫，以及因中文造字方法變化所意外帶來的由簡趨繁逆向潛流。

今天，我們所看到中國文字中最難寫、最圖像化的階段，其實不是甲骨文，而是以西周為主體的銘文金文，其中有相當多的字簡直是返祖性的又畫起工筆畫來了。

比方說甲骨文中做為裝酒容器的　　（「酉」字），在師西簋上的金文　　就好看多了，紋路漂亮，線條的弧度也柔和自然。

比方說甲骨文中的魚，　　，刻畫的只是個不至於辨識困難的魚形而已，但同樣是魚我們來看鳳魚鼎上面的，　　，身上的鱗片，胸鰭和腹鰭，頭和嘴的構造等等一應俱全，而且還畫魚點睛。

還有我們已看過的車子，這裡挑一輛甲骨文出品最豪華的，　　，但到了買車觚上則成了這麼一輛，　　，或者是來自叔車觚的另一輛，　　，三輛車並排停一起，真是裕隆速利1200和勞斯萊思以及朋馳的對比。

但，幹嘛走回頭路呢？

其實從上述古埃及文字三種字體的討論中，我們不難同理猜到可能的答案──銘文金文是刻在重大青銅器上得以留存下來的文字，這不是正常的書寫，而是表功、分封、權力的移轉灌頂所用的，因此，它考慮的不是文字的素樸表述功能及時間的節約考量，而是展示、誇耀，甚至刻意的愈繁複愈好，這才配得上辛苦鑄成的青銅寶器，也才能和日常書寫分別開來，讓人一看就曉得是神聖、鄭重且不常有的大事發生。這正是文字穿起燕尾服、戴上高頂禮帽參與權力大遊戲的喬張作致。

　　所有的神聖遊戲差不多都是這麼玩的，它不容改變，而是存留最原初的模樣（因此銘文金文極可能部分展示了甲骨文之前更古的文字造型）；它不要方便，甚至刻意的繁瑣，煩死你為止，好像人不因此吃得苦頭便不足以彰顯你的虔敬；它就是要浪費時間、浪費到你心痛甚至妨礙生計也在所不惜，你的寸陰寸金不花在此事難不成還有哪裡更神聖的用途嗎？

　　事實上，古埃及負責書寫這類神聖文字的書家，還會因為整體美學的配置平衡考量，不惜破壞正常文法，略去某個字母，墊進無意義不發音的符號——文字在這裡是祭品，犧牲正是祭品的別名，沒什麼好說的。

　　此外，銘文金文的書寫空間，是準平面式的銅器表面，既實質性的解放開竹簡的狹長形態制約，在心理上又不受制於因此而成書寫習慣的狹長字體，因此，它奔放開來，是長是扁是直是橫，但以美觀為依歸。

　　因此，銘文金文的趨繁反挫行徑，其實並未逸出我們對文字簡化的基本理解之外，它是特殊用途，因此特殊手工打造而成的神聖文字，在它如孔雀般緩緩亮起羽毛同時，周代人在竹簡上心平氣和書寫的，仍是持續簡化中的凡俗字體。

　　至於文字變化的趨繁潛流，我們指的是形聲字的新造字方法，這是一種把既有文字當積木玩的堆疊式方法，二合一當然會讓文字筆劃昇高，像「鞭」、「璐」、「撻」、「瀬」等等，但還好堆疊不會無制限的進行下去，畢竟聲符的表音部分是可自由選擇，造字寫字的人也沒要自討苦吃找難寫的，我們從實際的造字成果來看（翻翻字典就可以了），堆疊大致停在最多三層的地步如三明治，因此事情遠比想像中的不嚴重，一些筆劃最多最整人的字，事實上並非形聲字，而是更早的象形字或會意字，只因為當時他們無須太警覺時間（有更多時間和更少的書寫機會），只專志盡力表述自己心中的淋漓圖像就可以了。

比方說「鑄」字，甲骨文就畫得極仔細，　　　，是雙手把熔好的金屬溶液倒入容器之中；或者像燒火煮東西的「爨」字，這個字甲骨文沒留下來（應該有），我們只能看小篆，　　　，很清楚，下頭是手持木材生火的畫面，上面還有雙手料理煮物的圖樣，鉅細靡遺。

不成立的算術

相較起來，中共這最終一次的文字全面簡化作為，於是顯得很特別——最特別之處在於它其實不像因勢整理，而是掌權者大刀闊斧的主動出擊。

直截了當的原因當然仍是時間，認真學習的時間，書寫使用的時間，涓涓細流匯為百川，百川東注成汪洋，數億人口這樣子聚沙成塔下來，聽起來是很動人的加法演算。

但加法再動人，光這樣素樸的時間節約觀念，中國人古來至少講了上千年，老實說絕對不足以支撐起這樣排山倒海的空前壯麗行動，還得有其他更多理由、更多胸中懷抱的加入不可，非得有更強力的意識形態為這個做為行動標的物「時間」加以革命著色不可。

時間，最簡單的共產黨革命著色方法，就是教條化馬克思的歷史時間表：過去的歷史解釋，未來的進步天國，以及如火如荼的革命當下，串成一道時間的必然法則，時間，惟有被納入這條單向的線性路程，才得到意義，才成為革命的重要盟友，革命的重要資源，盟友或資源，就算只有一分一毫，哪是可以浪費遺失的呢？

簡化前簡化後，究竟能實際的省下多少時間呢？這不容易算準確，最直接原因便在於每人書寫速度不同，每天書寫的字數不同，因人而異，就以我個人這樣，朝九晚五在出版社當編輯，每天又得寫三千個字左右（實際可用的寫稿字數加廢稿）的人來估算，我因簡體字

所省下的時間，一輩子加總起來，大概還不夠讓我睡一場「睡到自然醒」的午覺——更何況，從實際行為來說，我們寫字真正所耗用的時間，常常不取決於你的書寫速度，而是思考速度，因此，少個兩筆三劃通常毫無意義。

更何況，我們日常書寫，鮮少乖乖的一筆一劃寫正楷體，我們用的本來就是自然簡化後的行書體。

午睡不足的時間要怎麼讓它變大呢？最直接就是在乘數上動腦筋，把它乘以大陸數億人口就一下變得很大了——但這種變大方式有意義嗎？可利用嗎？還是只從不夠一個人睡一場午覺變成不夠每個人睡一場午覺而已呢？懂熱力學第二法則的人都曉得，當能量均勻散落在廣大空間時，能量往往是毫無意義的（不是不存在），原因是你無法有效回收，或者說回收這些能量你得耗用遠大於如此所得的能量，也因此，這條著名的法則才令人沮喪，甚至說明宇宙末日的必然存在，只是我們等不到而已。

還好另有一個更大的乘數存在，很方便就在手邊，那就是——當我們把文字簡化想成是一勞永逸的革命，是我們這一代辛苦一次，可「子子孫孫永寶用」（「子」，　　，頭長三根黃毛的小兒；「孫」，　　，掛小兒臂膀上更小的、還不成個人形的「小兒的小兒」，很幽默的一個造字），這個乘數就因永恆而成為無限大了。我們都曉得，乘數無限大，被乘數只要是大於零的正數，不管多微小多看不見，積也一定是無限大，這是歷史上的革命家、宗教家玩不厭的數字詭計，奉永恆之名，所有當下的不合理都自動成為合理。

「在永恆面前，這一切算得了什麼呢？」這是一代投手賀俠舍在創下大聯盟棒球史上最長不失分紀錄後的虔敬謙卑之言，面對永恆，我們於是也不好再斤斤計較，儘管我們知道其間有很多漏算，包括不使用文字的大陸眾多文盲沒因此省下時間，得整筆扣除；包括所有使

用文字的人得重新學習，先就得投資一大筆可觀的時間；包括所有過去的文字資料都某種程度密碼化了，需要轉碼轉譯的大量工夫……

然而，永恆有來嗎？沒有，來的是電腦，才不過幾十年時間，用筆書寫的文字，逐步被按鍵輸入的電腦文字所替代，筆劃的繁簡多寡遂失去了意義——對那些相信自己掌握未來的人而言，歷史永遠是愛開玩笑的小惡魔，但歷史如若有知，可能也覺得納悶，怎麼搞的教訓你們這麼多次了，你們怎麼總是學不會謙遜，學不會為不透明的未來留點餘地呢？

於是，如火如荼的文字改革，其成果遂和同樣如火如荼的大煉鋼、深耕密植一樣——其實若真要省大筆時間，哪需要動文字腦筋，最簡單、最正常、最不偉大的做好日常管理工作就行了，從怠工、喝茶、聊天打屁、午睡等等，把流失在其間的大量時間叫回來，節省下來的何止文字簡化的萬倍兆倍（絕不誇大）。也許，革命家的定義就是做大事不做小事的人，和我們這些極可能一輩子碰不到任何一件大事的凡人有分別。

文字與萊布尼茲

中共的文字簡化成效沒有，但成果已成歷史事實，再難可逆轉回去。

在這方面，文字是沒什麼風骨可言的標準「西瓜黨人」，趨炎附勢，永遠選大邊的站，如果說十幾億的絕大多數中國文字使用者投簡體字的票，那簡體字就是現在到可見未來的主流民意，文字就向著這個轉向。

這是中國文字的空前浩劫嗎？倒也不需要這麼老國民黨，現在的國民黨都不這麼想事情了。我們曉得，文字發展，始終不保留的正面

開向歷史的偶然機運，這個偶然機運，包括了眾多的任意武斷乃至於錯誤（誤想、誤解、誤讀、誤寫、誤傳……），合理的東西對它有意義，荒謬的東西它一樣吞下化為發展材料，真的，煽情一點來說，文字是極堅忍世故的動物，在蜿蜿蜒蜒的長時間歷史蛻變存活過來，它一點也不脆弱，看過的、參與過的、直接受創過的歷史大場面可多了，保證它比你堅強，而且還一定比你長命百歲，你得善待它，不是因為要保護它，而是只有這樣它才開放給你最豐富的訊息；你苛刻它，老實說也於它無損，你只是封閉了自身程度不等的溝通管道，有些話它因此不會告訴你，變成呆子笨蛋的也不會是它，而是你。

如果要在歷史的實存人物中，找一個性格和行為方式最像文字的人，我個人想到的是啟蒙時代最聰明但也最狡猾的萊布尼茲，相較於正直、坦白無隱但笨，因此飽受宗教迫害的同時代哲人史賓諾莎，萊布尼茲是標準的軟體動物，表裡完全是兩個人，現實中，他依附教會貴族，寫不痛不癢的爛文章，完全是不入流的御用學者樣子，但私底下，他睿智、堅強而且數十年思索著述不懈。幾乎所有萊布尼茲的重要著述都以遺稿的形式和世人見面，而他的諸多洞見完全超越了啟蒙時代的規格，比同代任何認真聰明的人走得更遠，而且何其遠，兩百年後的今天來看仍屹立鮮活繁富，充滿啟示，從哲思的「單子論」到數學的「微積分」云云，一點也沒有那個時代腦筋簡單的天真樣子，如我們今天讀史賓諾莎乃至笛卡爾。

文字的狡猾一如萊布尼茲，在每隔一段時日總要發生的掌權者統一文字豪宴中，它一定乖乖出席，曲意配合，講固定而僵化的話，還一身光鮮拍照留念，這些看得到的檔案照片，包括李斯小篆範本的泰山刻石，東漢蔡邕隸書範本的五經刻石，當然也包括大陸官方頒行的《簡化字總表》。

但文字不會駐留在豪門夜宴中不去，它本性喜歡遊山玩水，人間

四下浪蕩。在如此場域，它一身大布衣衫，如魚得水的對話，找新材料新線索並持續思索創造，不會停止，也從不怕把自身弄得形容襤褸難識，而且在這裡，它最常做也最樂意做的，正是回頭嘲笑豪門夜宴的空洞虛偽，包括掌權者的腦袋空空，和自己當時的虛假作噁。

沒有教士和君王貴族真能控制萊布尼茲，萊布尼茲比他們任誰都聰明，因此，怎麼會有哪一個世俗的掌權者能控制文字呢？

12. 死去的字

這個字是我從許進雄先生的書裡看來的，我手中其他的甲骨文資料和書籍裡都沒有，大概是因爲已無法辨識而予以省略——其實這樣子的字非常多，在爲數五千的甲骨文中，我們可辨識的據說才一千多。

也就是說，這些都是已然死去的字，成爲朽骨和殘骸，佔到甲骨文三分之二的數量，這樣的比例我們通常會稱之爲「絕大多數」，可用來做民主社會最困難的決定，包括修改憲法，還有罷免總統副總統。

然而，這種方式死去的甲骨字是什麼意思？像我們這個頭戴飾著流蘇穗子大面具之人的字，我們是不曉得它叫什麼，要怎麼轉換爲現存使用的文字，並且不知道如何在往後的實際書寫表述時再用它，但我們並不是眞的對它一無所知，這個栩栩如生的造型，三千年後不經任何介紹和我們乍然相遇，誰都還是多少看得出它大概是什麼，想傳達些什麼——這大概是個巫者或者舞者（這兩者極可能非常重疊，在當時），於祭祀儀式或樂舞時刻（這也極可能是同一件事），戴上面具，粉墨登場。

氣宇軒昂，氣概逼人，死後還是這麼美麗生動。

二十八個有關馬的文字

我們前面講到過一種文字的死亡狀況，如一度死去的古埃及文

字，如到今天還全無一絲生命跡象可言的古愛琴海線形文字 A（線型文字 B 這個系統，一如古埃及文字，幸運而漂亮的救活過來了），以及鐫刻於數千枚圖章之上，距今約五千年的銅器時代古印度文字等等。

這類拼音文字的死法是集體的死去，滅絕的死去，一切訊息戛然中止，一絲也不再透露，只留下大片的文字廢墟，構成一個美麗、誘人，卻詭謫不已的謎樣畫面，你知道其中必然有完整合理的訊息，一頁歷史，一段禱辭，一則神話傳說，或竟只是平凡的日常瑣事乃至於物價和貨物品名的備忘記載。當它們用另一種文字來更替時，都可能是我們很熟悉的，一看就懂的，但現在它們卻永遠被封存起來，禁錮於奇特的符號之內，像地底的特洛伊，像火山灰厚厚覆蓋的龐貝古城，甚至像從安地列斯冰冷山頂蒸發而去的馬雅王國，或傳說中沉入海底再不會浮現的亞特蘭提斯。

但這裡我們要說的這種文字死亡，沒這麼戲劇性，不是這種某文字國族的集體沉睡或神祕覆亡，而是個別的、經常性的死亡——概念上，我們並非完全看不懂它，只是因為它失去了效能，不再活絡於我們的口語書寫之中，毋寧就像蜂王完成交配之後的無用雄蜂，被驅趕出蜂巢，只能一隻隻死去。

失去效能，通常源自於我們生活實況的變化，某些舊事物某些昔日的概念因此從歷史退場，於是，和這些事物這些概念密實相聯共生的某一部分文字遂跟著退場死去。

舉實例可能好說清楚一些——我女兒從小就愛馬成癡，如今才剛上高一，騎馬的年齡倒也積累到四五歲了，小時候有回我和她心血來潮，翻翻《辭源》找了有關馬的字，猜我們找到什麼？

女兒如獲至寶的完成了一張表，感覺很像是得到一串五彩繽紛卻又無用的玻璃珠鍊子——

馵ㄓ，　　膝以上為白色的馬。

䭴ㄌ，　　黑白雜毛的馬。

駓ㄆ，　　毛色黃白相雜的馬。

駮ㄅ，　　毛色青白相雜的馬。

駰ㄧ，　　淺黑雜白的馬。

駱ㄌ，　　白身黑鬣的馬。

騂ㄒ，　　赤色馬。

騢ㄒ，　　赤色黑髦尾的馬。

駹ㄇ，　　面額白色的馬。

騅ㄗ，　　青黑色的馬。

騏ㄑ，　　青黑色，紋路如棋盤的馬。

騅ㄓ，　　黑白相間的馬。

騢ㄒ，　　赤白雜色馬。

騟ㄩ，　　紫色馬。

騜ㄏ，　　黃白色馬。

騵ㄩ，　　赤毛白腹的馬。

騧ㄍ，　　身黃嘴黑的馬。

驈ㄩ，　　淺黑色的馬。

騮ㄌ，　　黑鬣黑尾的紅馬。

驃ㄆ，　　黃色有白斑的馬。

驄ㄘ，　　青白雜毛的馬。

驔ㄉ，　　黃脊的黑馬。

驊ㄏ，　　赤色駿馬。

驈ㄩ，　　胯間有白毛的黑馬。

駥ㄊ或ㄘ，毛色呈鱗狀斑紋的青馬。

驪ㄌ，　　黑色馬。

驤ㄒㄧㄤ， 後右足白色的馬。

驪ㄌㄧˊ， 黑色的馬。

總共二十八個字，標示出二十八種毛色各異的馬，或更正確的說，二十七種，其中「騏」和「驑」應該是同義異形之字；或者我們也可懷疑同是純黑的「驖」和「驪」究竟是否相同的黑色，但無論如何夠精細了，而且皆以一個單字就完成說明；今天，我們看專門製作百科、圖鑑的英國 DK 所編纂的寰宇式搜羅《馬圖鑑》（國內由貓頭鷹出版公司取得授權印行、這是我女兒另一本不離手的寶書），其精密科學式的毛色分類亦不過是「灰、蚤點、帕洛米諾、栗、紅栗、肝色般的深栗、藍花、紅花、黑、驑、淺驑、亮驑、黃褐、驑棕、棕、灰斑、斜斑」十七種而已；至於我們一般生活口語中，大概黑馬、褐馬、花馬、灰馬、白馬（其實並沒有真正的白馬，除非是白化症的基因有問題之馬，否則最多只到淺灰的地步，這也是我女兒教我的）就這幾種最大刺刺的通用顏色分類。

名小說家鍾阿城給了我們另一個實證——阿城文革期間下放過內蒙，他說，養馬養了成千上萬年的蒙古人跟你講哪匹馬時，外地人根本就弄不清他們指的是眼前眾多馬群中的哪一匹，這正是不同生活形態之下的不同語言焦點凝視現象，逼使他們得用更簡捷的語言、更精密準確的分割單位，好在最短的時間內辨識出更細微的差異，對捕馬養馬萬年之久，馬就等於是財富、等於是生存之倚仗的蒙古人而言，因語言而導致的失誤是最划不來的，也是生活中付不起的昂貴代價，太多的時候，根本沒那個美國時間讓你比方說「有沒有？就那匹黑的，剛剛跑第三的，現在被紅的擋住了，又出來了，額頭有白毛的，不是不是，是矮一點那匹，你說的那匹尾巴顏色比較淺，我講的是——」等你們兩造溝通完成，這群野馬老早跑到賀蘭山去了。

俄國的絕頂聰明文學評論家巴赫金說的很好，在他一篇談托爾斯

泰小說的文章中，他講：「語言是社會習俗的印記。」——的確是這樣子沒錯，語言因應著社會的實際需求而生，它不可能憑空存在，也不可能提前存在，比方說「巧克力」（或朱古力）或「雷達」，在語言的另一端，一定聯結著已先一步實存的某個事物或某個概念，因此，它是事物或概念的印證，是踪跡和腳印，思維的偵探由這裡便可追出來背後那具體存在的東西。

語言的派生本質，也使得某個新事物或新概念發生時，我們便得鑄造出新的語言才得以表述它（儘管新語言的鑄造，如李維－史陀的修補匠概念，總是用的老材料），而新語言在開始時往往是暫用的、粗糙的、不經濟的描述性稱謂，因為語言此時還不確定這個新事物或新概念的真正存活能力，是否這只是個立即消滅的、無須鄭重其事予以命名的一時現象，這是一段新事物新概念和語言的討價還價時間，根源於語言的節約本質（因此，語言的範疇總略小於實存的事物和概念範疇）。等語言確認了此一新事物或新概念的確是個健康的胎兒，大致可養活生長下去並成為社會的一份子，語言便會正式登錄它，給予正式的、安定的名字，甚至精確經濟的凝結成一辭一字的表達方式，這才算真真正正的納入到穩定的語言疆界之中。

這現象有點像尋常家庭裡有某個成員開始交友戀愛到結婚的過程牽動和變化，新成員開始於「那個嬌小個子的、眼睛大大的」的不確定描述性稱謂，到「那個台塑龍德廠當會計的」，到「我家老大的女朋友」，到開始出現名字的「劉麗真」，到正式成為老婆的「麗真」或媳婦的「阿真」，這是一個新成員進入到一個既有家庭的常見延遲現象。

相較於語言，文字的鑄造成本更高，鑄造過程更費事，因此，文字更慳吝也更要耐心等待，而文字的範疇也更遠小於語言的範疇（有語言而未成文字的現象比比皆是）——理論上，不管是以字母拼音的

其他文字系統或中國形聲造字的出現，文字皆已獲取了立即性記錄語言的能耐，然而，在實際的操作領域之中，要將飄浮在空氣中藉音波傳遞的語言，正式凍結成固態的文字，討價還價的時間總得更長，也就是說，文字會等到語言王國中的新成員安定的存活一段時日，自身強壯到一定程度，才能進一步升等到文字的較嚴苛領域之中，就像你得年滿十八歲它才相信你可上戰場或年滿二十歲才有是非判斷力投票選舉一般。

從文字鑄造成本的角度來看，「實存世界／語言世界／文字世界」的相對大小比例是起變化的、非固定的，大致上我們可以這麼說，愈在早期，造字的成本、書寫的成本、資訊傳遞和取得的成本等等愈大，文字世界的總體範疇相對的也就愈小，因此，它就更審慎、更節約、更耐心等待新事物和新概念的存活能力和影響力，不到這些事物或概念已深植人心，並在日常生活中廣泛的被認知被應用，並不輕易造出字來因應，於是，文字的社會習俗印證意義遂更強大更清晰，證據力更值得信賴，之於歷史考證乃至於考古學意義重大。

為什麼馬的毛色需要這麼精密而且這麼經濟方式（皆以一字完成）的再分割，因為馬很重要，或者說很昂貴很有價值，而且綿亙很長一段時日——這種始終介於馴服和不馴服之間、鬃毛飛揚、聰明與野性淋漓兼具的美麗動物（多像個夢寐難求的情人！），主要使用於交通（尤其遠程的）和軍事，而我們曉得，從春秋以降，華北一地生活的暴烈融合以及權力爭逐，乃至於漢代以後的持續北進西進，馬的重要性一路往上攀昇，養馬育馬馴馬成為最早的策略性工業和國防軍事工業，是權力取得和維護的倚仗，甚至最終還意識形態化為某種權力和國族榮光的象徵（比方漢武帝便可以為幾匹傳說中的好馬出動二十萬大軍去搶奪）。我們看冷戰時期的美蘇軍備競爭，看長期以來海峽兩岸的國防預算消長，儘管飛機、坦克、彈道飛彈、核兵器距離一

般人家計甚為遙遠不相干，平日不能協助耕地開路，災難發生也無法用來造橋救人，但掌權的人仍眼也不眨的砸下大錢，慷慨得不得了。

文字因社會習俗之生而生，也會因社會習俗之死而死，這是很公平的。

這正是這二十八匹美麗的馬的死亡方式。社會的現實產生了變化，交通工具有了新的發明，戰爭殺人的器械和方式日日更新且更形強大，現實的馬從現實世界除役下來，文字的馬便也得跟著一併在文字的國度裡死去──當然，它們皆未消失，而且還好端端保有鼎盛時代的聲音和意思，我們若想知道也只要回頭找《辭源》就全都有了，因此，它們毋寧更像閣樓上，床底下無用的、招塵的、古老不再好玩的舊玩具，安上電池或再旋緊發條可能都還會動，但昔日玩它們的小孩已長大了，有了新玩具了，如同西洋老民歌 Puff 中那隻曾陪小小孩在幻想中揚威七海、但最終被遺留洞窟之中淚如雨下的龍。

嚴格來說，二十八種馬中，倒有個兩三匹因為歷史的其他偶爾因素活了下來，比方說，黑白相間的「騅」，這是因為有悲劇英雄人物項羽騎一匹如此花色的忠心耿耿駿馬，這才讓它掙扎存活於歷史書和戲曲戲劇之中；又比方說，黃色有白斑的「驃」，大概因為神駿武勇的關係，遂被轉注為強悍有氣魄的意思而繼續存在；此外，還有白身黑鬣的「駱」，它則叛離馬的王國，躲到另一種動物身上去，駱駝，成為今天二十八種馬字中最健在、辨識性最高的一個。

習俗來習俗去，事物來事物去，概念來概念去，現實的一切毫不間歇的變動不居，因此文字的死亡便不僅不可避免，而且還是持續的、頻繁的死亡，如此數千年時光死下來，真正的文字死亡總數量其實龐大無比，我們翻歷代的辭書，比方說較近的《康熙字典》、《辭源》，稍遠的《說文解字》，乃至於所能找到最最古老的甲骨文編纂很容易發現，我們所抄出來這二十八個有關馬之毛色的字只是文字屍

體所堆成的冰山一角而已，大部分的文字已然死去，或說至少也死過了一次，只是通過假借或通過轉注得以借屍還魂的方式存在（如我們提過，漂亮貓頭鷹的「舊」，麥子的「來」，打蛇的「改」，蛇咬人的「它」，扒子宮接生的「冥」，敲死無用老人的「微」，在十字路口東張西望的「德」，跪在路旁進行祭拜的「御」等等等等，這倒真的不是開玩笑的用法，是真的如訃聞所說的族繁不及備載）；也有像被封存在琥珀中的蟲屍一般，失去意義，亦完全不再使用，只凍結於地名、人名等專有名詞之中，比方說那個鼓聲振動的有趣「彭」字就是這樣。

女兒所珍愛這份二十八個馬旁之字的單子像什麼？通體來看，我覺得很像一份汽車年鑑或型錄之類，想想，在遙遠遙遠的將來，如果人類使用更進步的交通工具繼而令汽車從地球上完全絕跡，我們今天所熟知的朋馳、富豪、BMW、捷豹、蓮花、野馬、愛快羅密歐、保時捷、法拉利、雷諾、奧斯丁、福斯、凱迪拉克、紳寶等等，擺在一起不就是未來某人手中一張這樣眼花撩亂又莫名其妙的清單嗎？他們也一定極不可思議，在我們這個世代，很多才四五歲的幼稚園小男生光看外型就分得清是上述哪種車子（我好幾個朋友的兒子都有此等能力，奇怪是小女孩很少有），一些年輕人更是哪個年份、哪種型號、性能如何、馬力大小、有何種配備連同價格都隨時可以背給你聽，就像我們今天不可思議幹嘛把馬的花色分這麼細一樣。

海市蜃樓的玉之王國

往下，我們再看中國文字世界中，一個璀璨王國突然建構起來，以及最終崩毀的奇特故事。

這是中國文字世界中玉的王國。首先，我們得話說前頭的是，這

個故事有個很悲哀很寒酸的前題，那就是早期中國歷史舞台所在的華北，主體是一大片黃土沖積平原，因此，礦產基本上是相當貧乏的，可以稱之為寶石的東西（比方說摩式硬度九以上的剛玉）更可以直截了當的說沒有，我們廣泛稱呼的玉，嚴格來說只是一些比較美麗的石頭而已，在石頭中不小心雜進了鉻、鐵、錳、鈦、銅等金屬元素而跑出鮮豔動人的顏色來，以及少量的比方說電氣石或軟玉云云。

藏寶石寶玉的地點要往南去，到差不多要越出中國今日國界的滇越高山縱谷地帶，那裡據說有翠（即祖母綠）的璞石沿江沖下來，但礦脈並未真的找到，真正精采的要再往南，比方說中南半島上有紅寶、藍寶和橄欖石礦等，而印度半島更多，還有金綠寶石，石榴石和黃玉等等，也難怪這些地方的歷史和宗教，我們印象裡總是珠光閃耀，弄得人睜不開眼似的。

在甲骨文的時代，玉在華北這塊土地上應該不怎麼重要，因為和玉有關的文字只有寥寥幾個，大致上就是「玉」，　丰　，玉片用繩線串起來的模樣；「璞」，　，一幅手執工具，一旁置放籃子，在山裡奮力挖掘玉石的漂亮寫生圖；而若有美好收場，則是下一幕的「弄」字，　，摹寫的則是玉石挖出之後愛不釋手的玩賞翻看模樣（看來秦穆公嫁給吹簫仙人蕭使的女兒取名弄玉，還真禁得住文字學的考驗）；此外，還有「黃」、「章」二字，也就是後來加上玉字邊的「璜」「璋」二字原形，甲骨文分別是　　和　　，都是初民身上常見的普世性珠鍊狀飾物的造型，但嚴格來說，此一串燒形飾物的質材內容倒不見得非玉石不可，但凡漂亮些的、稀罕些的，甚至某種傳說或宗教相關之物（比方說猛獸的齒爪可能會帶給人某種強大的靈力）都可以串，因此，可以是動物骨頭或齒爪，是美麗紋路的木片或木頭珠子，是甲殼類的殼蚌什麼的，但這裡我們依後代文字的追認，沒意見全歸屬於玉的國度來好了，只因為差不多就這些個字了。

　　我們談過，文字的出現通常不會是偶然的，它是社會習俗的印記，特別是造字不易、書寫不易的甲骨文時代，造字寫字成本的昂貴更增強其習俗印記的意義，因此，有時用最笨的方法，數一數各類文字的數量多寡，其實是很富意義的，很直接可察覺出此類事物和彼時實際生活的關係深淺。

　　五個玉字（我可能有所遺漏，比方說「珏」字，，玉字乘以2，兩串玉的模樣，但漏不了幾個），一個是通稱，兩個是挖掘過程的實錄，另兩個是最原始最自然的利用方式，交易之事與它無關，也嗅不出什麼權力氣息來。

　　在此同時，比方說我們展示過帶著 道路符號的甲骨字（而且只展示了一部分而已，以 為意符的形聲字更是一個也沒用到），數量便相當可觀，達數十個之多，讓我們可因此相信主街上人們的活動已相當像回事，並據此壓縮時間、半魔幻半寫實的重建一道想像大街的時光之旅。

　　然而，在這片挖不出什麼像樣玉石的貧瘠大地之上，就以寥寥幾個玉字做種，往後不過千年左右的時間，有關玉的文字卻快速的增殖、擴張，海市蜃樓一般忽然在荒漠不毛的土地上浮起一個熠熠發亮的、純粹用玉石打造出來的壯麗王國。

　　仍然是用算的，在許慎的《說文解字》書中，總共搜集了一百五十一個和玉直接相關的篆字，其他有玉字躲藏其中以為輔助性附件的字尚不在計算之內。我們一翻到書的這一部分，在一個總題意味的「玉」字帶頭之下，馬上撲面而來就是連續十七個標示為「玉也」的字，有「璙」、「瓘」、「璥」、「琠」等等；跟著則是形制不同、用途各異的各種分門別類的玉，有祭祀用途的「璜」、「琮」等，有行政事務用途的「琥」、「珥」等，有隨身佩戴的「璬」、「珩」等，有鑲嵌於衣帽器物之上的「珌」、「璪」等，當然也有喪事用途

的「珥」、「玲」等；再來則是「瑩」、「璊」、「玩」、「瑕」等，玉的不同顏色；「琢」、「琱」、「理」等，加工治玉的字；「玲」、「瑲」、「玎」、「琤」等，玉所發出的各種清朗聲音；最終還包括一個為數達二十七字的龐大集團，有「瑀」、「玤」、「玲」、「琚」、「璓」等，理論上它們都不夠資格稱之為玉，而是「石之似玉者」，是這個王國的次等公民。

其他還散落著一些碎玉般的字於其間，比方說代表玉器的「瑚」字，玉的美麗光華的「瑛」字，還有其實就是珍珠（蚌中陰精）的「珠」字，以及和珍珠一樣同屬有機性寶石的「珊」、「瑚」二字。

除了甲骨文一路傳下來那幾個原始的玉之字外，這日後才冒出來的，幾幾乎全數是形聲字。

單獨命名

這個成員一百五十一名，又寒酸又琳琅滿目的王國，其實非常好看，大多數是你非常陌生，人生活幾十年完全沒見過的字，卻也有幾個爛熟到極點的字，從沒想過它的原生地在此，而且原來的意思這麼漂亮，出身高貴。

首先，我個人最喜歡的是玉的聲音這一部分，總共有六個，「玲」、「瑲」、「玎」、「琤」、「瑣」、「瑝」，由於都是形聲字，事到如今我們還能根據每個字右半的聲符部分，來試著喚回當時人們所聽到的玉的敲擊撞擊聲音，其中除了「瑣」字噯噯嗦嗦聽不真切之外，其他都清越且餘音裊繞，難怪當時中國人那麼愛聽，佩玉在身上的成文理由（見《禮記》）之一便是舉手投足間會有這樣的好聲音相伴——其中「玲」字尤其令人驚豔，這個已在文字使用死去多時，又因在女性名字中太頻繁出現而令人完全喪失感覺的字，仔細一

模擬才恍然它原本是多乾淨如銀鈴的好聲音。

再來，是「玫」、「瑰」二字，在 rose 尚未進口並纂奪這個名字之前（滿早的，起碼是唐代，白居易的詩有：「玫瑰刺繞枝」的句子），它們原本就是連體嬰，《說文》說是火齊珠，還有另一說是「石之美者」，原來如此。

然後，你也會替當時的中國人覺得「大家辛苦了」，十七個「玉也」的字對抗二十七個「石之似玉者」的字，我們今天不曉得他們究竟如何在這一堆其實水平不高的群體中，分別出只一線之隔的玉和石？是有一套客觀的總體鑑定規格呢？還是見招拆招的信賴個別專家的當下判別？比較能確定的是，固然今天對寶石的認定並沒有總體範疇的數學線邊界存在（意思是沒寶石和普通石頭的分割），而是以鑽石、紅寶石、祖母綠、海藍寶石、黃水晶等各種不同化學元素、不同結晶方式的個別歸類呈現，但從價格的標準來看，這些「玉也」和「石之似玉者」極可能只是四十九步和五十一步的差別而已，毋寧都更接近一些有著美麗色澤和紋路的石頭，你在專賣礦石的店不太花錢就可買到，我個人所知在日本京都的拱廊商店街寺町京極就有一家很棒的如此賣店，應有盡有，但裡頭更吸引人的毋寧是一些更奇奇怪怪的化石，有猛獁（長毛象）的毛，恐龍的糞便，號稱活化石的鱟魚標本，都幾百日幣就買得到，比較貴的是呼應電影《侏儸紀公園》那種埋著遠古蟲屍的琥珀（「琥」原是刻成虎狀的玉，發兵用的），還有黑色的沉沉鐵質隕石，其中一把隕石做成的小刀，縷刻漂亮的花紋，印象裡賣二十多萬日幣。

話說回來，石頭也罷，玉也罷，幹嘛得搞二十七種加十七種名字呢？和馬的毛色分類不同的是，這些不同的玉石之字應該是不同時間不同地點不同來源分別收集來的——在部分猶可考據的曖昧不明情況下，我們還算知道哪個字係來自《詩經》、來自《左傳》、來自《楚

辭》、或來自《山海經》云云，但麻煩在於這些玉字閃耀於古文本中時，通常是舉例的、幫腔的，只用來製造文章所需氣氛，堆疊成一個又漂亮又有美德的現場所用，並未揭示它們的真正長相和內容，因此，極可能許慎本人也是如是我聞的照抄，不甚了了，只能從文章上下和意旨去大致判別它們究竟是令人嚮往心癢的寶玉，還只是魚目混珠的可惡石頭（此類的玉石之辨譬喻方式，是中國古來論述玩了數千年不倦的遊戲）。

其中許慎明顯有把握的有兩個：一是「璠」，這字及其身世簡介來自《左傳》，很明確指的正是單個的玉，是魯國的重寶；另一是「珣」，也是單個的玉，資料則來自《周書》，是東方夷人所有的令人垂涎寶貝。

因此，為什麼在如此貧乏的現實土地會生出這麼多「玉也」的字，我個人懷疑，儘管並非全體，但其中大多數的字大概不是概稱不是類別，而是專有名詞，指的是獨一無二、就那一顆特別的玉。

之所以這麼猜測，我們曉得命名是有成本代價的，造字更相對的昂貴，但某些個別事物有價值到一種地步之後，它就有機會取得被單獨命名的特權，像某些餐廳、俱樂部的 VIP 室一般，只供他老兄一人趺坐；或像百貨公司的櫥窗一樣，只擺單一一樣昂貴產品，還用聚光燈特別照它，備極尊榮。

人類歷史上，很多寶石做到過這樣的事：有自己的單獨命名，有自己的完整紀錄，乃至於歷史完整譜系，從萬事萬物中單獨被揀選展示出來，如亞伯拉罕，如基甸。

比方說你喜歡的那顆四四‧五克拉，以其不祥的傳奇歷史名聞於世的 HOPE 藍鑽，此鑽因其切割後最初購得的主人亨利‧菲力‧Hope 得名，它在害遍了歷屆主人後，目前收藏於華盛頓史密桑

博物館。

FLORENTINE 鑽，重一三七‧二七克拉，美極了的金黃色鑽，雙玫瑰式切磨成一二六瓣面，是最有名的意大利寶石，相傳最初由法國公爵所擁有，後來輾轉落入奧國國王手中，最後隨奧匈帝國的滅亡而不知所終。／不用說了，它大約像一只異教神像的眼，兀自閃著冷冷的光輝，在某一架王公貴族散落的枯骨堆中吧。

Star of the South，南方之星，重一二八‧八克拉，是一名巴西女奴在礦場無意中發現的，不用說，它的發現，使她因此重獲自由。

CUBAN CAPITOL，重二三‧〇四克拉，我覺得最美的一顆圓形切割的金黃鑽，採自非洲礦場，不過它並不是鑲嵌在任何珠寶首飾上，而是被嵌在古巴首都哈瓦那的一處人行道上，以做爲軍事指標的用途。／鑽石與革命／鑽石與卡斯楚。

EUREKA，原重二一‧二五克拉，雀黃色，它的發現，吸引並開啓了無數爭相前往南非開採礦石的人潮。

以上欲罷不能、愈抄愈開心的單顆鑽石記叙，出自朱天心的短篇小說〈第凡內早餐〉。

和權力勾結

當然，放牛班也是有第一名的，台灣的職業棒球隊自己關起門來

打一樣每年都會有冠軍（而且還有兩個，比美國日本還多），因此，中國的單個玉區隔開石頭，取得自己的專屬命名和單一辨識，這不足為奇，但光這樣好像解釋不了玉的字這樣如雨後春筍般從各地冒出來，時間又這麼密集這麼短。

一定發生了什麼特別一點的事，兩周這根本不到千年的時光發生了什麼事呢究竟？

我想，是發生了和權力掛勾的不好之事，高貴之物和汙穢之物在此正式結盟。我們曉得，在稍前的商周，象徵統治權力的是那種大件的青銅器，包括大鼎大盤大鐘等等，但青銅有工匠技藝的時代侷限性，當歷史朝向鐵器移動，工匠的鍛冶鑄造技藝及其工具配備自然跟著向鐵器靠攏，如此，不大可能在忽然需要時，馬上鑄造出久已不行的昔日水平大青銅器，於是權力的象徵物也必須轉向，重新找適合的廣告代言人。

玉就上來了，從個人愛不釋手的飾物，到宗教性的聖物靈物（祭天地四方的璧琮到送死的琀珥等等），進一步現身到現實政治權力舞台的正中央。「問鼎於中原」，語言文字沒敏感到處處跟著翻新，但周秦之後，這個鼎其實已不是真的鼎了，它就只是統治權力象徵物的代稱，實質上它已更換成玉了。

自然，權力象徵物的選定是鄭重的，候選者本身得具備某種和權力相襯的、親和的醒目特質才行。大青銅器是壯麗、強大、威嚇，恐龍般的巨大身軀暗示了背後驚人的人力、物力、技術能力和動員力；而玉雖然沒這麼誇富嚇人，但仔細想想也許更好，首先玉基本上不是人造物，而是天地山川精魂之所孕生，是大自然鍾愛薈聚的結晶，人沒製造它，只發現它，讓它從砂礫岩塊中分別出來；此外，它更可親，伴隨人身已久，時時摩挲，愈見光華——玉比大鼎少了軍事威

嚇，卻多了哲學省思，很切合尤其是東周以後的思維論述氛圍。

儒者更是整籮筐賦予玉權力哲學基礎的人。他們從修身的觀點、哲王的觀點津津樂道玉的種種美德，包括玉的溫潤，就像君子的溫暖親民好脾氣；玉的表面條紋，就像君子條理清明、分辨萬事萬物的智慧；而玉又是易碎的，因此要小心守護，人身難得，大法難聞，佩玉的人要舉止宜當，行皆中節（配合那六種玉的敲擊聲音），就像君子的修身自省一樣得時時戒慎戒恐……

一堆。但好玩的是，純從今天寶石鑑定的觀點來看，溫潤也好易碎也好，那都是因為摩氏硬度的明顯不足；至於有觸目可見的紋路，那一定是混有雜物，質地不純的緣故。這兩樣恰恰好是今天寶石估值的最嚴重弊病，兩造的認知差距一百八十度相反，真令人莞薾。

也因此，儘管中國古來的主流思維，在最終極處總是推崇樸實天成渾然的美好元質，但玉基本上還是拿來雕的，一匹跨臥的駱駝，一枚晶瑩的苦瓜；反倒是西洋的鑽石、紅寶石、藍寶石，瓣面切割只為處理光線，折射聚攏成「火輝」，讓寶石乾淨透明的本質自己說話，幻化成眼睛裡的一道彩虹。

更因為這樣，時至清朝緬甸一帶的祖母綠進入中國，我們簡直不知如何對付這剛硬之物才好（硬度七‧五），所有數千年承傳改良下來的治玉工具、配備和技術全束手無策，如磐石不動，一直磨蹭到慈禧時才找出方法，但仍然不是梨形切割、卵形切割或八角形切割，而是搞成一對手環，戴在老太婆權傾天下的手腕上。

小說家如是說

這個建於不毛土地、先天極不良的寶玉之國，終究是撐不下去的——大陸改革開放之後，跑陝甘一帶旅遊，很訝異便宜買到夜明珠、

夜光盃，並不死心蒙棉被看看是否真有微光發出，並自此對唐詩「滄
海月明珠有淚，藍田日暖玉生煙」「葡萄美酒夜光盃，欲飲琵琶馬上
催」嗤之以鼻的人（如我家二哥），也都一樣相信會這樣。

　　玉自身會碎裂（比方西漢末王太后拿玉璽砸王莽時那樣），權力
的附加價值會因歷史的機遇變化而消失，儒者加持的智慧財部分會因
人類思維的轉向而瓦解，而做為權力象徵物的玉，更本來就得一併承
受權力損耗品的最終宿命，在權力長時期爭逐的大遊戲中，它們會毀
破，會散失，會劣幣逐良幣原理的被人緊緊收藏而不再現身，更會因
戰亂殺戮或陪伴權力主人而靜靜沉埋，復歸於無盡大地。

　　名小說家鍾阿城愛講一段漢初歷史，那是劉邦死後呂后掌權時，
地處最南邊的南越王意圖造反，呂后的對付之法是馬上全面斷絕玉的
供應，讓他建構不起帶奇魅權力象徵的稱帝必備行頭（印章、冠冕服
飾、儀仗隊云云），最終，南越王被迫發死人墳塋以搜刮地府之玉，
顯然雙方全都熟悉遊戲規則，全在玉上頭下驚人的工夫，比發兵打仗
還要緊。

　　鍾阿城也準確指出，所以為什麼後來中國的燒瓷工業這麼重要而
且發達，又都是不計成本盈虧的國營事業，由皇帝本人出任董事長，
因為無瑕的白瓷，所盡力模仿的正是大自然供應不足的玉，就是人造
玉，背後還候著一整組統治權力理論。

　　名小說家駱以軍跟著補充，所以北宋時遼兵入關，為什麼要掠走
整座官窯配備和所有熟練窯工，他們也被啟示這就是天命權力所在，
遊戲規則這麼寫，戰勝者自然要把權力給取走。你若循此譜系不懈追
下去，便會越過鴨綠江（多像美麗寶石之名）到朝鮮，再越過對馬海
峽以屹於日本，最終便聯結上今天愛玉愛瓷（惟不愛權力）的駱以軍
夫妻最愛看的日本寶物估價節目「開運鑑定團」。

風露想遺民

玉的權力王國在現世終結，玉的字當然也跟著死去，跟著迭失離散，這沒半點意外。

亡國通常總有遺民，流亡者哪裡去了呢？——朱天文華麗蒼涼的名短篇小說〈世紀末的華麗〉恰恰是絕好的隱喻，尤其是小說收尾的那一段話更神似預言：「湖泊幽邃無底洞之藍告訴她，有一天男人用理論和制度建立起的世界會倒塌，她將以嗅覺和顏色的記憶存活，從這裡並予以重建。」

以嗅覺和顏色的記憶存活，玉的遺民之字的確是這樣子沒錯，它們抽空意義，只存留文字自身的聲音、氣味和色澤，藏身在女性的美麗名字活下來，我們看到「瑛」、「玲」、「珩」、「琳」、「瑜」、「瓊」、「璇」、「瑗」、「瑩」、「珍」、「瑤」、「珠」……

但說從這裡再重建可能就太樂觀了，畢竟這個居住於女子名字中的文字花圃（不好再稱王國了）可能還持續在瓦解流失之中——我個人每年都會讀讀大專聯考榜單，有趣的看每一個名字，你會發現許多有趣的變化更迭（比方說我這個世代的呂姓人家，輩分可能正值「學」字，叫呂學什麼的多得不得了），包括玉的字在持續消退之中，疼初生孫女、念過古書翻字典命名的老祖父死去，這一代，取而代之的是「容」、「庭」、「妤」、「語」、「涵」、「彤」等等瓊瑤（瓊瑤自己是玉字取名那一代的，證明她已古老了）小說乃至偶像劇中的空靈文字。

有一個玉字子裔逃來最遠，儘管它仍明晃晃把昔日之玉就掛身上隨時可見，但我們每天每時擦身而過，不知怎麼就是不容易認得它的

出身，它曾經也是得小心呵護的美麗圓形之玉，這個字就是「球」，
逆向跑入雄性世界，一身大汗淋漓，和麥可·喬丹、山普拉斯、阿格
西、老虎·伍茲、小葛瑞菲、麥奎爾、邦斯、鈴木一朗站一道，隻手
就撐起另一個更昂貴更奪目的普世性王國來。

13. 捲土重來的圖形字

これらの「字」，倒沒被刻在龜甲牛骨之上，而是印在一方約一尺長半尺寬的肉色塑膠板上——那正是此時此刻我用以書寫這家咖啡館的所在樓層配備指示圖，就貼我右手邊五米遠的杉木板隔牆上，其中——

　：所在位置

　：公共電話

　：滅火器（圖形為紅色）

　：逃生方向

　：消防栓（亦為紅色）

　：緩降梯

諸如此類的各種圖形圖示，還充滿我們生活之中，而且有增加的意思，傳遞給我們某些極必要的訊息，像廁所在哪裡，該到哪邊結帳，此處不能左轉否則罰錢，對不起前方有車拋錨請小心，這個位子請保留給老弱婦孺，為了你自己的命請不要抽菸云云，挺方便的，往往要囉囉嗦嗦講好半天的話，一目瞭然，用個圖就說清楚了。

　　它們不是一個字，而是一個詞或一段話；不是一個點，而是一個情節、一個故事——這讓我們想到最早先的圖形文字，可能就有類似的能力和容量，因此，我們這本書一開頭對那個靜靜立於高處凝視的字種種胡思亂想，可能不全然只是一廂情願的鬼扯。當時，字的總數比較少，每個字和每個字的距離比較寬，因此每個字所實際擁有的使用坪數也就勢必大一些。當時的文字建築整體景觀，想起來還真的頗類似於當時的人居建築景觀。

　　這裡，我們要問，文字會不會回到圖形去？回到單位訊息負載量更大、更一目瞭然的視覺圖形去從而令文字逐步萎縮並在遙遠的未來復歸於鴻溟呢？

有限文字的真相

　　太遙遠的我建議我們不用去想，想太遙遠常常是意圖犧牲當下的美麗藉口，或至少拒絕當下的就事論事討論，這並不健康，所以十九世紀俄國最聰明、最自由的心靈赫爾岑才說，太遙遠的目標不是目標，是欺騙，有意義的目標必須近一點——若非想不可的話，可考慮更嚴重更有意義的，比方說地球的末日和宇宙的終結云云。

　　就我們視線可及且有意義的未來而言，我個人的答案是不會，文字的形態在往簡化的方向走，文字的表述能力卻不斷在往精微艱深的方向走，這在在都是有原因的。

　　首先，我們當然記得，具象圖形的文字順利發明出來之後所碰到第一次的斷裂困境和飛躍，便在於文字要勇敢進入沒圖形可依循的抽象概念之中，中國文字用會意和指事搏鬥了一段艱難時光後發展出形聲的快速造字法，西方（廣義的）的文字則起了徹底重來的拼音革命，這個四五千年前的史實，說明文字再不能回頭的走上不歸路。

　　然而，具象摹寫的圖像回不去，約定的圖形難道就不行嗎？比方綠燈通行紅燈禁止儘管並非全無人的正常心理線索，但基本上其實源於約定和習慣。

　　這個疑問的答案大致上是這樣子的，文字，尤其是脫離物象的拼音文字，本來就是約定性圖形，但約定性的圖形有個極嚴重的麻煩，那就是它的數量總是有限的，人怎麼攪盡腦汁就是創造不出足敷使用的不同圖形來，而且圖形和圖形之間還得存在必要的秩序和聯繫，否則無法記憶學習。

　　這讓我們想起米蘭‧昆德拉的小說《不朽》來，小說開始於一個手勢，一個不意在游泳池看見的美好手勢，讓小說家心動而創造出阿涅絲這個美麗女子來，像希臘神話中女神愛芙蘿黛媞（即維納斯）從水中冉冉而生——昆德拉緊接著說，「手勢遠比人精巧」，地球上生養存活過的人何止億億萬萬個，但亙古以來手勢就那麼幾種。這是對的，手勢的確就那麼幾種，符號就那麼幾種，概念性的圖示就那麼幾種。

　　要用符號數量的有涯，來成功表述事物及概念數量的無涯，我們不能不讚歎文字的確找出了最聰明最省力也最具續航力的辦法來，那就是數學排列組合的數量極大化方式，而且他們事實上做得更好，他們還順便解決了聲音的問題，讓兩個系統有機會合一，彼此支援，我真的不確定，換在今天我們是否有機會做得更漂亮一點。

　　即便發展出這麼聰明有效的方法，理論上文字已可毫無困難的無限繁衍下去，但我們眼前的文字實況顯然並不是這般光景，相較於複雜萬端的現實世界，相較於我們綿密靈動的思維，尤其是那些閃電般亮起、消滅的種種層出不窮印象和念頭，文字仍顯得很笨、很重、很疏漏而且很不夠用，也就是說文字的系統性無窮潛力並不能真正展現出來，它仍然是有限的，左支右絀的試圖表述意義的無限。

　　冤有頭債有主，所以說，這不盡然是系統本身的問題，而是系統操作者的問題，不盡然是文字本身的潛力、彈性和延展性、可塑性，真正關鍵之處還在於使用文字的人。

　　人有什麼問題？首先，我們可能得確認一個大前提的事實，那就是：聯結著半天生半自我演進改良的語言，文字，極可能就是人類創造物之中最龐大、最複雜、最望不著邊際的一種，我們終身學習，但我們每個單一個人對這個集體發明堆疊成果的龐然大物，理解永遠是片面的、局部的、有時而窮的，以這樣有限的理解程度，希冀能釋放出整個系統的可能無窮力量出來，這如何可能呢？

　　人本身的侷限性，在和文字打交道的每一個環節都幾乎暴露無疑──我們的命名能力是有限的，捕捉能力是有限的，造型能力是有限的，描述和理解能力是有限的，以及最終最決定性的，我們的記憶能力更是有限的。我們從頭到尾就只是有限存在的人，一向拙於應對無限的東西，就跟古希臘的數學者老苦惱於無限的問題一樣。

　　命名能力的有限，是我們只能有限使用文字的起點，這裡我們稍稍解釋一下，並做為說明的實例。文字開始於命名，這是承接自語言的，命名的理想狀態是萬事萬物都能賦予它一個獨特的、不相混淆的聲音，更理想是關係程度不同的事物之間，聲音和聲音既分別，又能有反映其關係遠近的程度不同勾結和聯想。但我們的聲帶構造和想像力顯然沒這麼厲害，它們達不到這樣的要求，最明顯的有問題結果就是相同聲音以及類似聲音的命名層出不窮，這種命名混淆現象，背過英文單字的人想必都有一番慘痛的經驗，這在轉化記錄成文字時可稍加補救，運用不同造型（中文）或拼音方式（如英文）來做視覺分辨的區隔，但只能算亡羊補牢，意思說沒關係沒關係還來得及，其實就只是很體貼很有禮貌的來不及了。

　　克服我們的聲帶和想像力侷限本來是有方法的，也某種程度使用

了，那就是把聲音加長（多字的、多音節的），聲音變異的迴身餘地自然加大，得以去除重複，但加長同時也就帶來致命性的副作用，直接造成文字的複雜難識，不斷增加我們記憶的負擔——這裡，我們便看到了我們有限記憶的決定性阻擋力量，讓很多原則上可行的方式都撞牆走不下去。

我們說過，命名的有限只是實例之一，最終仍是記憶問題，這是文字的決定性兩難困境——文字表述完最簡單、最明確、最和我們直接相關的事物，它無可避免的要往難的、幽微不彰的、和我們距離遙遠的路途走，但我們的記憶容量和記憶意願卻愈來愈難能配合，於是，文字愈往前走，跟得上的人就愈見稀少，解碼所賴以成立的共同記憶也愈見流失，文字的密碼傾向也愈見明顯。

翻翻《辭源》或《牛津字典》，你眞會一再驚訝人類創造完成的文字數量何其龐大，而這不過是可考的、意義追溯可及的部分而已，而我們每個人會使用的，又只是這個部分的一小部分而已，其餘的只能任它們堆疊閒置在那兒等死，其中當然有相當一些，如我們在〈死去的文字〉所說的，因生活實況的改變而失去了功能，但老實說也還有相當數量仍堪用如新，只是我們不曉得不記得了。

終歸來說，一個無限大的工具箱是不可想像的，我們揹不起這麼沉重的箱子；就算拚死命揹起來也沒用，我們一樣不可能搞得清楚每件工具的性能及其操作方式。因此，這無關文字系統的騰挪轉化能力，而是人的有限存在和他所面對的無限存有老問題，這個很爲難的處境，聰明的人很早就發現了，孔子稱之爲以有涯逐無涯，他老先生的感想非常明確非常素樸眞實，那就是——累壞了，眞的累壞了。

沒文字的喜悅

因此，轉身向圖像，現在也許該說影像才對，人類巧妙利用了視

覺暫留這不易察覺的眼睛微小缺陋，成功將單片圖像連續起來，並日新月異改進之中，讓這個比文字還古老得多的表述形式，有著全新的樣式、負載能力和魅力，非常受歡迎並不斷投以希冀。

但老實說，這不因為影像有什麼超越文字負載能力的特異功能，魅力的最大來源反而是因為它的簡單，這是面對文字艱深走向的懶怠反動，是累壞了的人想坐下來休息，儘可能不思不想。

影像和文字最根源處的不同，便在於影像努力模擬、重現事物的原來完整面貌，而不像文字只是精簡記錄了事物的線索和痕跡，因此，影像很明顯少掉了一個編碼解碼的過程，讓腦子和心靈的必要參與程度減輕，這對亙古以來始終保有生於憂患死於安樂天性的懶怠人們，的確是比較舒服的，但舒服永遠是要付出成本的，就像坐飛機頭等艙、商務艙和經濟艙票價大大不同一樣，舒服的影像就得讓自己停留在有形有狀的視覺世界裡，也就是我們所擁有、所面對完整縱深世界最表皮那薄薄的一層，影像世界華麗但不可能深奧，比方說影像世界中號稱最深奧一級的導演柏格曼，那種深奧是相對於其他影像成果比較而說的，習慣於文字表述穿透能力的人來看，柏格曼的所謂深奧程度還非常非常輕淺。

我個人因生活偶然機緣的關係，身邊有不少用文字工作的小說家和用影像工作的導演編劇，其中甚至不乏有兩種工作身分輕度滲透和重度重疊者，我們難免會比較文字和影像的訊息負載能力，大致的結論是，一部正常長度的電影大約只勉強到一篇短篇小說的程度而已。

因此，有關影像可否或會否取代文字的問題是沒必要太當真。這裡，我個人以為比較有意思的討論可能是——這樣好了，讓我們從兩名文字的絕頂魔術師、哥倫比亞的馬奎茲和義大利的卡爾維諾說起。

馬奎茲和卡爾維諾都對電影感興趣，且投注了相當時日在裡頭。

馬奎茲比較熱中，他年輕辦報時就長期寫影評，成名並進入中年之後，更積極想用電影形式工作過，不只出售小說版權改編成電影，還自己寫劇本，《百年孤寂》寫作之前那幾年墨西哥城旅居歲月，他算是大半個人泡在電影世界裡；相對於馬奎茲的一度狂熱、意圖拿電影做為一種創作表達形式，溫和的卡爾維諾則一直冷靜保持在一般觀眾的位置上，卡爾維諾顯然較早洞穿影像的稀釋負荷力本質，並不以太嚴肅的心情對待，因此他對戰後做為輝煌藝術表達形式的義大利新寫實主義電影沒太多好話（「忽而敬仰，時常讚歎，但從沒愛過它。」），他津津樂道的反而是戰前那些金碧輝煌但淺薄不堪的美國片，當時他每天看兩部電影，藉此「逃避」那段不安歲月（源於外在殘破社會，以及自身的青少年期）的苦悶，並做為瞻望外頭世界的想像窗口（「滿足我對異鄉、將注意力移到另一個空間去的渴望，我想這個需求主要與想要溶入世界有關。」）。

有關卡爾維諾這段一天看兩部電影的年輕日子，最有趣的事情是：由於看電影是偷溜出來的，或騙父母到同學家唸書，因此非得在「正確」的時間回家不可，這使得卡爾維諾錯過了很多電影的結尾，懸空在那裡，得等幾十年後一切已物換星移才有機會看老片補上；這個經驗又使我想到另一樁卡爾維諾更小年紀看報上美國漫畫的回憶，那是他還不識字時，無法通過漫畫中人物的對話來正確串接這四格畫面，同樣孤立懸空在那兒。但我們知道，長期懸掛於此種失重狀態是很難忍受的，人被迫得用自身的想像力去填補縫隙，好讓聯繫完成、便於安置，因此，電影結尾、四格漫畫聯繫的未完成，反而成為卡爾維諾想像力放開四蹄自由自在奔馳的空地。

以馬奎茲和卡爾維諾這樣敏感於、長期沉浸於、甚至早已習慣文字精微深奧表述性能的人而言，他們不會不很快察覺出影像外表華麗但能力有限的疏漏本質，但有時候疏漏往往是好的，它讓意義暫時缺

席，至少不單一確定，這是一種（尤其對熟稔於文字的人）取消文字壓迫的渴望，是一種文字的無政府主義。

讓我們回到最早說過的影像和文字「建築景觀」比較上來。文字的建築景觀比較像城市，在意義的土地上櫛比鱗次，密實相聯，這是文字最主要的責任，我們創造它使用它，本來就要它讓意義明確，鎖牢意義像盡力鎖緊螺絲釘一般，要它持續分割再分割意義，努力不留縫隙，不放過意義的最小可能表述單位云云，然而，文字表現得愈盡職出色，單位意義愈明確，意義佔領的點愈小，意義和意義之間的縫隙愈小，意義的路徑也就不免愈單一，意義的秩序也就不免愈森嚴，甚至被決定，用單一性的正確來決定——當一個籠罩我們的秩序總是正確的，不容許犯罪，甚至於根本沒存在犯錯這回事，你的思維空間、再參與空間就完全沒了，你只能依循、只能配合，不再是個自主的人，因此，你如果還想當個人，就得想辦法從這裡掙脫出來。

相對的，影像的建築景觀卻像鄉村，兩點相隔甚遠，中間閒置著無力處理的大片空地，空氣流通，涼風習習，我們常說兩點構成一線，那是指單一的、所謂「意義正確」的直線而言，兩點之間只一條直線，卻容許無限多的曲線，空間愈疏闊，曲線的弧度和姿態也就可能愈好看，而想像力的滑翔軌跡從來都是曲線而非直線，它喜歡大空間，愈大愈好。

因此，迷人的不見得是影像自身，而是文字的暫時撤除，意義的暫時不明，世界還原為原初的渾然狀態。正確一隱沒，可能性就浮起來，兩點間聯繫的安全邏輯一消失，接替它的便是危險的猜測、幻想、傳說、詩歌和神話。其實人類亙古以來就是這麼看待頭頂上星空的，從亞洲，從歐洲，從美洲和非洲，從極北的西伯利亞，也從極南的拉丁美洲合恩角，人們在疏落的明亮星點之間任意畫相聯的線，也同時把最好的神話給掛上那裡。

有時候，沒文字眞的是好的，就像老子莊子講的那樣。

保護文字／保衛自己

從這裡，我們便可以比波赫士「沒有完美字典」的提醒更多一分警覺——文字不可能完美，而且可能就連建構完美文字的野望都最好不要有，因爲這個不切實際的負荷會讓文字緊張、保守、想走安全排他的路，不去想可能性的問題，而可能性正是文字帶給我們思維視野最好的恩賜禮物。意義的單一性正確尋求和表述從不是文字的唯一任務，那只是它日常部分；在思維持續挺進的世界中，在詩的世界中，在一切文學的世界中，它是人們冒險旅行忠誠且任勞任怨甚至任謗的好夥伴，它尋求事物的痕跡並幫我們存留，進而成爲我們對廣大世界和幽微記憶的有效叩問方式，裡頭有嘗試的成分，於是一定也就有可以用後即棄的成分，更一定會有失敗的成分，最終，文字還可以是某種消耗品。

我們太意識到完美，自由必然就相對萎縮了，從而喪失了勇氣和活力，文字的確需要勇敢一些、生猛一些、不溫良恭儉讓一些，更重要的，要瀟洒不在意一些，意義新土地新疆界的探勘工作是艱鉅的事，過去的經驗告訴我們，這通常得一試再試，很難一次就成功；如此，文字也才敢於在需要它不在時堂堂皇皇缺席，讓我們偶爾可回過頭來看見沒文字的世界原初完整面貌，不埋頭迷失在意義分割、被文字拉動的迷宮之中。

把完美渴望帶來的緊張拿掉，我們當場就輕鬆許多，更知道怎麼面對今天影像對文字來勢**洶洶**的威脅與要脅了。

我們知道影像不具備眞正的負載能耐，可取消並替代文字，但並不是誰都知道，他們會不會做出錯誤的選擇呢？不是人性中原來就有

「劣幣逐良幣」的自然傾向嗎？就算文字不被集體性消滅，大規模的萎縮不是非常可能嗎？一代一代只盯著電視、盯著電腦螢幕看的小孩成長上來，他們不是會喪失理解和使用文字的能力嗎？我們需不需要保護文字？

這的確是個嚴重而嚴肅的大問題，但我個人以為真正需要保護的不是文字，也不曉得如何讓文字蛻變為供人瞻仰噓吁的古蹟列入保護，我比較關心的是，文字的萎縮甚至消滅，究竟呈現的後果真相是什麼？

談嚴重嚴肅的事頂好從笑話開始——中國人有這麼一個可憐的老笑話，說有某人因盜竊被抓入官府治罪（打個幾十大板什麼的），回頭鄰人問他犯了何罪，「我拿了人家一小截繩子。」「拿個繩子幹嘛大驚小怪報官呢？」「不，繩子另一頭還拴著一頭牛。」

文字可以只是繩子，不告取走或丟棄都不是什麼大事，大事是繩子另一端拴著的那頭大牛。

我記得是二三十年前，日本文部省做了件「文字去中國化」的小小改革，把常用漢字大舉削減，想當然耳遭到刪除的是深奧一些的、不實用一些的、比較思維比較詩的文字，比方說「長」和「修」大致意思相等，那就只留通用性的「長」，幹掉較文雅較富想像力的「修」云云，便有學者憂心起來反對，擔心此類文字所代表所存留的較深奧思維也一併被刪除掉，日本人會變笨——他們看到的，不是繩子，一樣是繩子拴著的牛。

文字當然是可刪除可消滅的，這樣的事在文字歷史上暴烈的發生過，也不為人察覺的默默發生過，文字是很馴服的動物，不會抵抗，更不會讓我們看到示威請願圍廠抗爭的畫面，但我們自己得想清楚後果，如果我們不是真有能力找到一條更好或至少能力相當的繩子（我個人高度懷疑），好保持不讓牛跑掉，那最好更當回事面對——不是

「保護文字」這種日行一善的心情和規格，這會使我們錯估形勢，也錯估用力的程度和焦點，需要保護的當然不是文字，而是保護我們不變笨，不會一代一代的白癡化下去。

我們常想一些聽來高貴動人但其實很好笑的口號，就像環保的人愛說「我們只有一個地球」云云，好像地球很可憐很脆弱，肥皂泡泡一樣，人稍一不慎，不細心加以呵護，就可能轟然爆破化為烏有——事情的真相是，這顆宇宙微塵的藍色小行星，估算業已存留五十億年之久，堅實牢靠，至少比任何人任何其上的生命都強靭，在長達五十億年的悠悠歲月中，生命歷經各種幅度不一的劫毀，物種來物種去，它還是向太陽背太陽，不疾不徐依自己節奏轉動運行，我們人怎麼作惡多端，所能毀滅的只是某些個物種以及我們自己所堪堪能生存的環境而已，那只是地球的外在部分樣貌，而不是地球的本體，在可思議的將來，會先毀滅的也一定是人類，不會是地球，它只是會再換一種樣貌、接納其他的生命形式繼續存在，甚至不改變它在宇宙繞圈子走的步伐節奏，不信你去侏羅紀問問恐龍，如果可能的話。

所以別美了，真正需要努力去保護的，絕不是地球，而是我們自己；同樣的，真正需要努力保護的，絕不是文字，同樣只是我們自己——我們脆弱的生命，還有，脆弱的智慧。

「文」和「字」

一本書，我想，最好在比較好的心情，比較美好的事物和比較美好的話語中結束，如果未來的光景不是那麼有把握美好，何妨，我們就回去最早。

文字，「文」和「字」，最早究竟是怎樣的字呢？——「文」的甲骨字是這樣子的；　，一個人，誇張出他的胸膛部位，為了勻

出空間，讓我們看得清楚他胸前美麗的紋身圖樣，這種把人體自身當畫布當雕刻材料的事起源甚早，也甚爲普世，隱藏著宗敎的、生命對話意義的意涵；「字」可能來得稍遲，因爲它所代表的行爲，聯結的是稍爲晚出的社會性結構，至少我們沒能在甲骨文中找到，這是個金文；　，圖像的焦點是一個小兒，站在象徵家庭的符號之下，合理的解釋是一個命名的儀式，把可以正式視爲家族一員的新生命，帶領到天地祖先面前，通過命名的確認，讓他成爲我們希冀生命永恆承傳和循環的一部分。

　　美麗的紋身圖畫，以及鄭重其事的命名，這就是「文」和「字」最原初的內容，歷經時間的磨蝕、聯想和轉注，不一定有助於今天我們對文字的再思索和再理解，但我們也隱隱察覺到其中的奇異聯繫，微弱的穿越過漫長的三四千年時間，抓不太住，但你知道有。

魚

這是鳳魚鼎上面的
魚，身上的鱗片，胸
鰭和腹鰭，頭和嘴的
構造等等一應俱全，
而且還畫魚眼睛。

世界太新，很多事物還沒有名字，必須伸手指頭去指。　　——賈西亞‧馬奎茲《百年孤寂》

魚

這是鳳魚鼎上面的魚，身上的鱗片，胸鰭和腹鰭，頭和嘴的構造等等一應俱全，而且還畫魚眼睛。

世界太新，很多事物還沒有名字，必須伸手指頭去指。　　——賈西亞‧馬奎茲《百年孤寂》

國家圖書館出版品預行編目資料

文字的故事／唐諾著. -- 初版. -- 臺北市：
聯合文學. 2001〔民90〕
面： 公分. --（聯合文叢；242）
ISBN 957-522-365-9（平裝）

1. 中國語言-文字-通俗作品

802.2   90018984

聯合文叢 242

文字的故事

作　　者／唐　諾
發 行 人／張寶琴

總 編 輯／初安民
主　　編／江一鯉
編　　輯／張清志
封面提供／莊　普（空間裝置／地毯、粉筆、黑板漆）
美術編輯／周玉卿　戴榮芝
校　　對／吳淑芳　蔡靜修　張明明　唐　諾　張清志

法律顧問／理律法律事務所
　　　　　陳長文律師、蔣大中律師

出 版 者／聯合文學出版社有限公司
地　　址／台北市基隆路一段180號10樓
電　　話／（02）27666759·（02）27634300轉5107
郵撥帳號／17623526聯合文學出版社有限公司
登 記 證／行政院新聞局局版臺業字第6109號
網　　址／http://unitas.udngroup.com.tw
　　　　　E-mail:unitas@ms4.hinet.net
　　　　　unitas@udngroup.com.tw

印 刷 廠／采泥藝術印刷股份有限公司
總 經 銷／聯經出版事業公司
地　　址／台北縣汐止鎮大同路一段367號三樓
電　　話／（02）26422629

版權所有·翻版必究
出版日期／2001年12月 初版
定　　價／249元

ISBN 957-522-365-9（平裝）